U0722347

谷声 _ECHO BOOK_

关 于 文 艺 小 日 子 的 阅 读 良 方

TRAVELLING

LIVING

READING

http://www.echo-ok.com

《嗯，就这样睡了一下世界》编辑部

总策划 / 柳 帆

策划编辑 / 向 雯

图片支持 / 毛豆子、卢 珊、谢玮玮

版式设计 / 唐一丹、汪仪珺

睡了一下世界

嗯，就这样

毛豆子 著

中国旅游出版社

责任编辑：朱轶佳

责任印制：冯冬青

图书在版编目（CIP）数据

嗯，就这样睡了一下世界 / 毛豆子著 . -- 北京：
中国旅游出版社，2016.6

ISBN 978-7-5032-5634-9

Ⅰ . ①嗯… Ⅱ . ①毛… Ⅲ . ①游记—世界②旅馆—世
界—指南 Ⅳ . ① K919 ② F719.2-62

中国版本图书馆 CIP 数据核字 (2016) 第 129800 号

书　　名：嗯，就这样睡了一下世界

作　　者：毛豆子

出版发行：中国旅游出版社

（北京建国门内大街甲 9 号　邮编：100005）

http：//www.cttp.net.cn　E-mail：cttp@cnta.gov.cn

营销中心电话：010-85166503

版式设计：谷声图书

经　　销：全国各地新华书店

印　　刷：北京金吉士印刷有限责任公司

版　　次：2016 年 6 月第 1 版 2016 年 6 月第 1 次印刷

开　　本：880 毫米 ×1230 毫米　1/32

印　　张：8.25

字　　数：200 千

定　　价：42.00 元

I S B N　978-7-5032-5634-9

1 st

那些奇怪的床

THOSE
STRANGE
BEDS

CONTENTS

2 st

一百种醒来的方式

A HUNDRED
WAYS
TO WAKE UP

CONTENTS

3st

只为和他们相遇

CHEERS FOR THE ENCOUNTER

CONTENTS

那些奇怪的床

THOSE STRANGE BEDS

1st

那些奇怪的床

THOSE STRANGE BEDS

1st

漂浮在波西米亚的作家船屋里

A BOHEMIAN WRITER'S BOAT HOUSE

国家 美国
城市 索萨利托
住宿 盖茨合作船坞里的船屋
特色 睡在漂浮在水面上的作家船屋里，具有 20 世纪中叶典型旧金山嬉皮气息的水上社区

　　当我们在 Airbnb 上预订了这个位于北加州索萨利托的船屋后，房东玛利亚发给了我们这样一个如何抵达船屋的、图文并茂的指示："当你们到达'Gate 6'街，右转，将车停在碎石停车场。你们将看到两堆泥堆，从泥堆中间，顺着水流的方向往前走。然后你们会看到'盖茨合作船坞'那满是纠结电线的入口。走入船坞，在红船处右转，再左转，直到你们看到那艘身上画着章鱼的房子就到啦！"

　　我看着这一幅幅既像内河工地，又像湄公河水上人家的照片，再加上那个缠满了电线的船坞入口的电线桩上所悬挂着的"Enter at your own risk"（自行承担进入之风险）的警告牌，有些吃惊：它脏乱的基础设施让我想到了东南亚穷困的水上社区，它的色彩又拥有浓厚的墨西哥风情，它所在的街区那个"Gate 6"的街道名难免让人想起

那些诸如《暴力街区 13》《第六区》等充满幻灭暴力感的电影，总之，它都很难和一个坐落于加州最富裕的城市之一——索萨利托海湾的船屋联系在一起。而事实是，正是这样的掉链和脱节，反而增加了我无比的探奇趣味，鉴于索萨利托离我家也并不太远，所以这场住宿其实也成了一场后花园的探索。

入住 5 分钟后，我已四肢并用地爬到了船屋顶上·

船屋的房东是个声称喜欢简单生活的作家。她放在 Airbnb 上的介绍特别简单，"你好，我是玛利亚，住在索萨利托，我是一名作家，喜欢冲浪和探戈。"照片里的她穿着猩红色鸡心领毛衣，戴着草绿色手编绒线帽，半仰着头咧嘴笑着，露出美国人骄傲整齐的白牙齿和一个俏皮的酒窝，好像稍稍发胖和年长一些的电影明星詹妮佛·安妮斯顿。

遗憾的是，玛利亚要去圣地亚哥出差，因而这次不能亲自接待我们。她对客人提出两点要求：

1. 因为她从前屋主那里领养了分别名为奥乔和裴廓德的两只胖灰猫，所以客人必须喜欢猫；

2. 她和很多邻居都是朋友，所以她的租客"需做好和邻居聊天的准备，要对邻居友好"。

这个船屋和其所在的社区颇为匹配，都是嬉皮风格：厨房所在的船屋前半部分来自一艘渔船，而卧室所在的船屋后半部分则是添加上去的一个木盒子一样的正方体，它们在一个水泥的浮台上结合在一起。粉刷成苹果绿的房间里有一张大床，一个放满了主人衣物的衣柜，里面挂着一个长期在户外生活的人会拥有的冲锋衣一样的功用性衣物，一个简易的青莲色书架，上面堆放着一些教你如何存放种子、如何在小空间种植作物等自然主义者的生活参考书，如果你再凑近一点看，还有几本书的书脊上有玛利亚·菲恩的名字，那就是房东的全名。墙角还有一个青莲色的写字台，它们都应该是来自各种寄售商店或者跳蚤市场的，虽然每件家具都有饱经风霜的样貌，但现在都位于这个同样拥有莫名来历的船屋里，互相都落得一个如释重负、不用解释的结局。

你在最初踏入这个没有钥匙、甚至锁都是坏的的房间时，难免会被其局促的浪潮呛到，但是 5 分钟以后，那种不知所措和惊讶渐渐地也如潮水般退落。我四肢并用地攀爬到了船屋屋顶之上，那里有花草，也有茶几和躺椅，正好是观看理查德逊湾日落的时间，海湾尽头那一长排船屋的玻璃窗反射着夕阳的余晖，和水面倒影中的金光竞相交映，一时间竟然让我想起了印度恒河河畔那个名叫瓦拉纳西的城市，虽然我从来没有去过那里，但正因为只看见过图片，你反而更容易对它产生倏忽却执着的印象。

我和一起入住的女伴们虽然都不太懂猫，但每天还是恭敬如仪地喂养着它们，而对于玛利亚的第二条要求，也无须我们等待太长时间。入住次日的早晨，我们刚出现在自家船头，一名叫葛洛利亚的女子就从和我们比肩而泊的船上迎了上来。她是隔壁那艘"菩萨船"（因为船身上画着菩萨）上的邻居。葛洛利亚说："我要去买杯印度奶茶，附近有个特别好的地方，你们想和我同去吗？" "当然！那太好了！"虽然我明明看见她手上正拿着一杯印度奶茶呢！葛洛利亚正是用这种含蓄的方式在说：

"欢迎来到我们的社区。"

花上一个半小时，跟随邻居葛洛利亚去买杯茶·

这个买茶的地方，按照正常的行走速度，来回应该只需 10 分钟，结果，我们这杯茶，买了一个半小时。葛洛利亚尽其所知地向我们描述这个社区的历史和由来，有趣的船屋和人物，附近可推荐的餐馆、便利店，甚至洗衣房，带我们参观一些她朋友的船屋。也正是在这个买茶的"征程"中，我们从葛洛利亚那里了解到，对这个船屋社区心存疑惑的，不仅是我们这些借宿的过客。3 年半前，当来自伊利

船屋所在的社区

THOSE
STRANGE
BEDS

很像东南亚的水上社区

海水就在房屋下经过

玛利亚的船屋上请艺术家画了章鱼

THOSE STRANGE BEDS

我站在盖茨船屋社区入口处（卢珊／摄）

诺伊州的退休主妇葛洛利亚看到自己的女儿简在索萨利托这个名为"盖茨合作船坞"社区买的船屋时，心中不由想，"我那好歹也是环境科研人员的女儿，难道就住在这里？"

但是，简的父母后来的举动已经表示他们对女儿的选择彻底放心了。他们现在每年都会从中西部的家乡搬到这里住上一个月左右，由于女儿的船屋太小，容纳不了老夫妇，所以他们每次都租社区其他船屋居住。至于住在哪一家船屋，则取决于社区里哪一家船屋有空闲。近3年来，他们已经至少住过3个不同的船屋，这些船屋的主人，都是简的爸爸麦朗为女儿整修船屋时认识的朋友。葛洛利亚说："3年前，我们从房东那里交接船屋时问起房门钥匙，主人说没有钥匙啊，我们这里不用钥匙的。"我和女伴们相视一笑，因为他和我们的房东玛利亚的口吻如出一辙，"你们到了我的船屋，自己推门进来就是，我不锁门。"

盖茨合作船坞是索萨利托最早也是最后一个水上低收入社区。所谓的低收入社区，也就是住户的年收入必须在官方规定的低收入之下才能申请在此买房，而在索萨利托这样的富裕城市，其低收入水准也比其他地区略高，年收入低于6.5万美元即可申请入住。而一旦以低收入身份入住该社区，即使你今后的收入有所提高也无须搬离，所以盖茨合作船坞吸引了不少起步阶段收入低，但又被这里波西米亚的艺术气息所吸引的艺术家前来居住。

我们经过船坞的垃圾堆放处时，葛洛利亚大声地和正在奋力翻捡垃圾桶的居民大伯杰克打招呼。然后转过头对我们说，不要被这里居民的外表所欺骗，他们的真实身份往往让你大跌眼镜，比如那个正在翻捡垃圾的大伯获得了音乐学位，弹一手漂亮的吉他。他看上去邋里邋遢，可是他的船屋却能让你大跌眼镜，他会在天花板上开一扇硕大的天窗，干净整洁的床上铺着印花白床单，如果你夜里躺在那里的话，满眼看到的都是星星！

当我们终于走到那家有茶和咖啡卖的、葛洛利亚口中的"好地方"时，葛洛利亚说这里的老板也就是你们的左邻啊！她执意要尽地主之谊，请我们喝茶，同时为了圆自己的借口，她也给自己续了一杯。

也许是因为女儿简在这个"盖茨合作船坞"的董事会任职（简是这个拥有 38 艘船屋的居民社区的董事会成员之一），她觉得自己有义务帮女儿尽地主之谊，也许，只是出于她中西部人友善健谈的天性，也许，她真的需要为自己再续一杯印度奶茶。

为了遇见玛利亚，我在 check out 后，
又重新 check in 了船屋·

本来以为我的又一次"后花园的探险"就这样圆满地画上了句号，按照自己旅行时使用民宿的惯例，我准备给房东玛利亚写一封表示感谢她把自己的家门向我们敞开的邮件，并在谷歌搜索栏随手打下了"Maria finn+Sausalito"的关键词。我当时并没有料想到这样一个随意举动，让船屋之旅的句号变成了逗号，原来我的后花园探险远没有结束，甚至在某种程度上，它才刚刚开始。这个随意的举动也让我做了一件已经 check out 但仍然向房东提出见一次面的疯狂事。这一切只因为，搜索引擎告诉我，索萨利托的玛利亚实在是一个非常有意思的人。我必须得和她约见一次。

玛利亚收到了我的电邮，很快就回复了，回答言简意赅："I'm happy to have you guys over."（欢迎你们过来），并发给我一篇关于她的新书《全鱼：具有探险性的饮食如何提高你的性生活质量以及拯救海洋（The Whole Fish: How Adventurous Eating Can Improve Your Sex Life and Help Save the Ocean）的访问，在这本 TED 电子书里，她尝试教育美国人，如何通过吃全鱼来间接地拯救海洋，并借以提高性生活的质量。她说的全鱼，包括烧鱼头汤，吃鱼眼珠和把鱼皮做成培根的样子来食用。这对美国人来说，简直就好像是食人兽，可是她不介意。这篇文章里所提及的其他一些有关她的背景资料，我早已了解，而这也正是我对她产生浓厚兴趣的原因：今年 47 岁的玛利亚在青春期时，挥别了内陆干旱的堪萨斯家乡后，至此始终和海洋、水、船发生着持续的亲密的关系。她始终住在水上，或者离水不远的地方。

她是一个曾经在阿拉斯加荒野的商业渔船上待过8年的女人，为阿拉斯加渔业和狩猎部门工作，在浮潜中观察国王鲑的产卵和洄游；正是这个女人，在离开阿拉斯加之后，曾在纽约的亨特学院教授创意写作课程，开创了一个带大学生到哈瓦那游学的项目，并在哈瓦那期间，爱上了载她的那个开黑车的古巴出租车司机（当然和不少古巴黑车司机一样，她强调，他白天可是工程师哦），成了这个白天是工程师、晚上是司机的古巴男人的妻子；也还是这个女人，一边在灶台边煮味噌生姜鱼头汤，一边向记者侃侃而谈着她的古巴丈夫是如何和他的莎莎舞搭子劈腿的，以至于新婚一年即离婚的她远走布宜诺斯艾利斯学习探戈，并重新找回爱的可能的故事。这一切，都成就了她出版于2010年的自传《紧紧抓住我，把我带回家》（Hold Me Tight & Tango Me Home），而这本书还差点被福克斯电视网改编成电视剧。目前她除了自由写作以外，也在斯坦福大学的继续教育部教授特写写作。她的报道和游记散见于《纽约时报》《AFAR》和《华尔街时报》等主流媒体。当她不在自己船上写作的时候，她会在旧金山北面的西马林冲浪，在旧金山南湾的蒙特利潜水，或者就在旧金山市区的海豚俱乐部游泳。

玛利亚还在电邮中提起："你们来访的时机太好了，因为再过一个月，这里将大兴土木，整个盖茨船坞会在今后一到两年内完全拆除。我们都将搬到新的码头，这就意味着一个时代的结束。" 按照玛利亚的描述，两年以后，这个低收入波西米亚社区将面目一新，它将和其比邻的那些中产阶级居住的船坞一样，有铁门把关的入口处，有整齐的金属信箱，有踩上去结结实实的栈道和种满烂漫鲜花的家家户户，每个船屋都会谨慎地选用嫩黄或者灰蓝或者雪白粉刷外墙，不会有大只天蓝色章鱼或者朵朵橙红色加州花草出现在它们的身上，会有一个佛头或者菩萨像放在客厅的柜架上，但绝对不会有哪家人家把菩萨刷满外墙。

当比尔·科洛茨曼，感恩而死乐队的鼓手的灵魂再次飘荡回这里的时候，大概也要迷路了，因为这里已经不是他曾住过的船坞。

他曾为这个社区的每个派对表演过。在 20 世纪 60 年代那个嬉皮最时髦的年代，这个位于理查德逊湾浅滩的船坞曾夜夜笙歌，晚晚派对，船上有些居民甚至就是以收取两块钱的派对门票为生。船坞里的有些老爷船，就是大伙儿当年从浅泥潭里拖出一艘"二战"时的沉船或登陆筏，修好后就安居在水边，成为一个船屋。我说是安居不过分，这些人，有的就在风雨飘摇的船屋里一住就是三四十年，眼睁睁目睹比邻的旧金山湾区从花童的世界变成了码农的天下。而我们所能做的，也就是在和那个时代有关的故事和人沉入理查德逊湾浅浅的海水之前，徒劳地捕捉一点它最后的涟漪。我必须得在玛利亚搬离这个船坞前，再去拜访她一次。所以，我决定在正式地从玛利亚的船屋 check out 以后，重返盖茨船坞，再次向房东 check in 。不过这一次，我们不过夜，我们只是在她那条章鱼船的露台上，散漫地交谈。

潮水在离你而去，但它总会回来·

再次回到盖茨船坞正是退潮时分，这让章鱼船屋看上去和我们在两个星期前抵达时完全不同。此刻的理查德逊湾，视觉上未免是令人沮丧的，两周前令我们兴奋的船屋完美倒影荡然无存，只有淤泥和水底的种种弃物，这里就好像一个士兵已然撤退，辎重依然滞留，战争已经结束，重建却还遥遥无期的后战争时期的村庄。

在这里居住了 6 年的美国作家玛利亚（此刻她已不再是我们的房东）对于潮涨潮落已经习惯，并心生感悟。她曾如此描述在她所居住的这个船屋的潮汐涨落，并将之看作是"生命的循环"。

"我住在潮间带。在低潮时，水道里的苍鹭在厚重又油腻的污泥上奔跑。一条腿的海鸥和通体雪色的白鹭对于正对着栈桥上争抢地盘或者偶尔出现的浣熊叫唤的大狗毫无惧色。大麻的气味在空气中出现简直就和潮水的涨落一样可以预计，通常这意味着某个乐队正在进行排练。低潮时的气味有时并不好闻，就好像一个丑恶的秘密浮出了水面。旧船坞的残骸依然深嵌在污泥中，那是第二次世界

THOSE
STRANGE
BEDS

作为房客我们得照顾玛利亚的小猫（卢珊／摄）

明媚的色彩和涂鸦

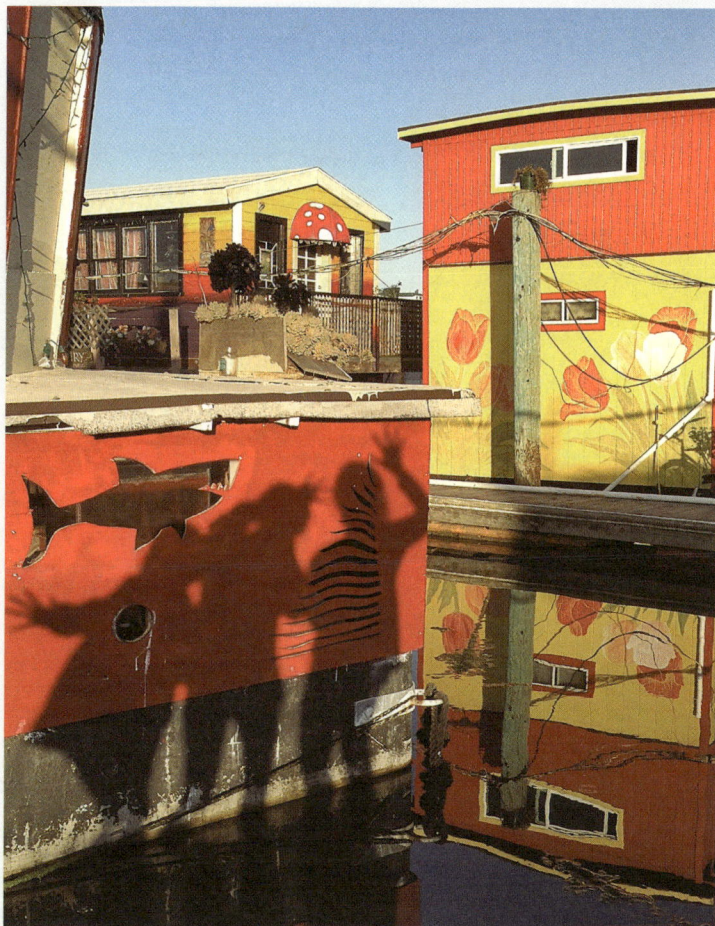

大战造船业的遗留。在那次战争中，26000 根桩子被打进这个船坞，6 个船舶下水滑道在这里建成，有 2000 名造船工人在这里忙碌，他们以被德国人击沉更快的速度建造着自由轮（自由轮是一种在"二战"期间在美国大量制造的货轮。美国舰队购买了大量的自由轮来替代被德国潜艇击沉的商船，使之成为"二战"中美国工业的一种象征）。战争结束后，那些建造自由轮的人留在了索萨利托的水上。他们也无别处可去。一天两次，潮汐如期而至。水波在光线的折射下，在墙上留下了美丽的斑纹。鸬鹚在木桩上晒干自己的羽毛。时不时地，有一头海豹会从我家门口路过。潮水用它的涨落来喻示着生命中的不确定性。在水上的时候，你往往会少些焦虑，因为你知道也许此刻潮水在离你而去，但它总会回来。"

在没有 Airbnb 客人的时候，玛利亚就住在这个船屋里，有客人的话，她通常不是在出差，就是借住到不远处的父亲那里。父亲在丧妻后卖了房子，从堪萨斯搬到这里来，先暂住在女儿船屋的沙发上，然后迅速发展了不少约会对象，社交生活很快繁忙到了必须有自己的据点的程度，索性自己也买了一个可住的小船，就停泊在玛利亚的章鱼船不远处。

她曾在床板上刷上聂鲁达的诗，现在她在约会一个木匠·

我们约在中午 12:00 见面，正是午餐时间。我事先甚至还在想象是不是玛利亚的饭桌上早已经有了她煮的鱼头汤和鱼皮培根。不过事实上，餐桌上并没有小菜，只有一些盐瓶子，她正在忙着装配自己晒制的海带、海盐和胡麻盐。这是她的一个副业，她小批量地自制这些昂贵的美食盐，卖给本地的一些支持手工生产的有机食品超市，对于一个并非畅销书的作家来说，她必须做这样或者那样的营生，包括出租她住的船屋来维持生计。

她打开 9 美元一小瓶的贵盐巴，让我们撮一点尝尝。我最终没有吃到她的鱼料理，却在饥肠辘辘中，尝了 3 种不同的盐。她正在研制着一种新的盐，用自己在路上随手采摘来的春末的樱花。我在她冲洗樱花的时候和她聊起天，问起大学毕业后，她这个文学专业的女生怎么会去阿拉斯加，要知道那里是一个对于男性来说生存都非常艰难的地方，况且是生活在捕鱼船上。她说，没有什么风花雪月的理由，就是为了快速赚到钱啊！"我在那里的渔船上出海捕鱼，三个月就赚到了要去纽约念创意写作硕士所需的钱。"她记得自己的渔船曾航行在育空河三角洲，6月的阿拉斯加依然在下冰雹和雪。玛利亚在宽阔的水域上和另一条船上的熟人安吉迎面碰上，她大声招呼说："怎么6月还下雪哦？"那个爱斯基摩人呵呵笑说："最起码不炎热啊。"她说，那真是一段苦日子。

大学毕业后很多同龄的女学生们在美国大陆其余49个州寻欢作乐举办派对的十年，她在最边疆的第50个州和洄游排卵的三文鱼寂寞地狂欢。接下去的十年，她在纽约学习、教学、恋爱、结婚和离婚，和所有搞创意写作的人一样，她在荒凉的地方待上一段时间，然后极尽繁华，再厌倦，最后打包去了可能同时兼具两者的加利福尼亚。

刚到索萨利托时，她借住在朋友的一艘帆船上，然后正好现在居住的这个船屋在出售，要价10万美元左右，没有银行愿意给这个社区的物业提供贷款，她为此和弟弟商量。幸好，她有一个喜欢"买下金条，然后藏在床底下"的弟弟。就这样，她用弟弟通过联邦快递送到的金条买下了这艘船。她没有钱买家具，但总算在网上淘到了一张大床。她用浮木给大床下的抽屉做了把手，并在床周的木板上刷上了聂鲁达的一首诗中的几行诗句："每天，在海的露台上／翅膀在张开，烈火在出生／一切就如清晨一样，变成了蔚蓝色。"虽然船屋里没有什么其他家具，墙上也满是裂缝，但她可以睡在聂鲁达诗里描述的那种蔚蓝的床上，每天在海的露台上醒来。玛利亚的闺蜜在暖屋派对时端详着这个船身热闹非凡、船内空空如也的船屋，给玛利亚这样一个诚恳的建议："从目前的情形来看，你也许需要和一个木匠约会，而非画家。"玛利亚显然听从了朋友的劝告，现在的洗手间里，那个放手纸的架子就是她的男朋友蒂姆为她打造的。没错，蒂姆是个木匠。

THOSE STRANGE BEDS

俯瞰索萨利托

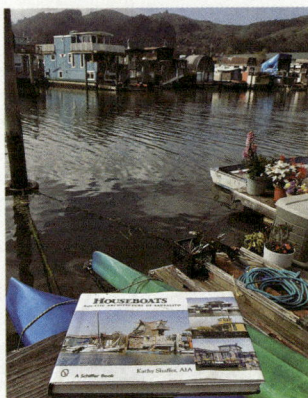

船屋临水的露台

潮水离你而去，但它总会回来

玛利亚将用来做樱花盐的，冲洗干净的樱花花瓣放进了腌渍瓶里，她趁擦干自己的手的当儿，环视了一下这个现在总算已经放满了家具的十来平方米的空间，说："我的余生就将在这里度过了。"我无法判断她的口气是自豪，还是惆怅。但我无法忘记玛利亚如此描述自己入住船屋的第一夜，"有一只猫头鹰蹲在帆船的索架上，一轮满月挂在天使岛上空，将整个海湾染成了靛蓝色；我抱起了我的猫奥乔，它的毛闻上去好像雾。我到家了。"

火车车厢睡一夜，
清早喂孔雀

TRAIN CABOOSE WITH VIEW NEAR MALIBU

国家 美国
城市 阿古拉山
住宿 火车尾节车厢
特色 艺术家改造的火车车厢，清早起床门外就是
等待喂食的白孔雀

　　住在南加州洛杉矶县阿古拉山城的道格拉斯是个艺术家，他为我们要入住自家后院那个可以俯瞰圣塔莫尼卡山脉的火车车厢而激动不已。当我通过 Airbnb 网站发给他的预订得到确认不久，我就收到了他的电邮。他貌似比我们还要激动，因为他已经不由分说地把我们入住当晚的晚餐都安排好了。

　　"我想让你们知道，我要为你们在老地方餐馆预订一个会让你们久久难忘的晚餐。周四晚。请相信我……你们只需告诉我，想要晚上 6:30 还是 8:30 入座？"

　　这是一场甜蜜的"劫持"。在 Airbnb 订房，你往往可以从抵达目的地前和房东们散漫的短信交流中，就隐约闻到那个地方的味道，好像你已经把头探进了他们的窗，房东们有各自特殊的待客之道。于是我立刻回信道："8:30 入座。我们

相信你，亲爱的道格拉斯。请尽情安排我们的周四吧！"

我们和道格拉斯终于在"老地方"初遇·

入住那日上午 11:00，道格拉斯来电询问我们几时可以抵达，他和整个阿古拉山城似乎都有些焦急："我只恐怕你们来晚了什么都看不到啊！"当我们在下午 3:30 终于从 101 高速公路的 Kanan Road 出口下来时，我遵嘱打电话给他，说我们快到了，道格拉斯在电话里已经有些团团转了："我正要打电话给你们啊，一直等你们不来，怕你们迷路了。"

通常到洛杉矶来游玩的人留恋在比弗利山庄或者圣塔莫尼卡海滩，即使到了马里布海边，也不知道山那边往北 20 公里不到，就是阿古拉山小城，这个曾名为康奈尔的阿古拉山城，是隐藏在圣塔莫妮卡山区穆赫兰高速公路旁一颗璀璨的珍珠。

将我的黄吉普在"老地方"门口停稳（这是本地最著名的历史老餐馆的名字，道格拉斯把我们的晚餐预约在这里），我立刻看到了一辆红色皮卡，以及皮卡旁正在向我们微笑着的一个身材奇高又瘦削，留白胡子戴鸭舌帽的老先生。"你好，道格拉斯。""你一定是薇薇安了！我可是有不少人要介绍给你们认识。"

具有 70 年历史的"老地方"餐馆曾经是小镇的邮政局和杂货店，后来道格拉斯的老伙计汤姆先生将它改建成了一个具有浓厚西部拓荒者酒吧风情的餐馆。此刻还没有到营业时间，但道格拉斯还是将我们领进了门，他好像是带来了老家的亲戚似的，逐一将我们引见给餐馆里的人，从负责预订的经理，老汤姆的儿子，到厨房里的主厨，厨房的烤炉里正吱吱烧烤着晚上的特供——烧烤水牛排，牛排上肥厚的油水从烤架的间隙中漏了下去，于是，炉火更旺盛了。餐馆一众人都认真地向道格拉斯许诺，今天晚上一定会好好款待我们。我注意到我们的名字已经写在了餐馆门口那张桌子上方的小黑板上。他们的确在一本正经地期待着我们。

他把一节火车车厢买回了家！·

道格拉斯出生在离这里不远的帕萨迪纳，是个地道的洛杉矶人，今年66岁。这位艺术家本来只想在克雷格列表（Craiglist，美国大型免费分类广告网站）上寻找一个拖车，改装成自家用客房什么的，结果他搬回家一节罗克艾兰铁路公司的17054号火车车厢！确切地说，这是货车的最后一节车厢，按照火车专业术语来说，叫作守车，英文叫作Caboose，是供运转车长及随车人员乘座的工作车，在车尾用来瞭望车辆及协助刹车。这节守车车厢曾经好像雕塑一样矗立在爱荷华北方小镇曼列的百老汇街和9号高速公路的路口，它在1986年10月16日光荣地在此退役。最终，它从爱荷华北方旅行到了近3200公里外的中部加州海岸小镇圣塔玛格列特。

当道格拉斯按照网上分类广告上的地址，赶到火车车厢所在的圣塔玛格列特，验货并拍板把它买下来时，他没有任何顾虑，他唯一需要做的就是如何说服太太批准这项大型固定资产投资。卖主告诉他，"你可以出租啊！有个公司叫Airbnb。"他当时从来没有听说过这个公司，为此还郑重地把名字记在他准备用来付首期的支票本上。事实上，道格拉斯至今还保存着这本支票本，它就在他的皮卡里。他甚至还爬上车，将支票本拿出来在我眼前晃了一晃。买下车厢后，道格拉斯雇了一个卡车司机将车厢拖回家，当时这个景象应该是蔚为壮观的，就好像一辆小火车尾巴在101公路上没有铁轨地轰隆隆行进着。

所幸，道格拉斯并没有让太太黛安娜焦灼过久的时间，这个花了2.5万美元买来的20302千克重的铁家伙很争气，在经过外部的整修和内部的精心改装后，它完全成了一节东方快车似的软卧。2013年，道格拉斯将它放在Airbnb上出租，只经过了一年左右就收回了投资成本。

道格拉斯家的野猪波奇小姐·

道格拉斯本来是个铁匠，18岁时，他决定走上艺术道路，为此，

我的房东道格拉斯

火车车厢外面

THOSE
STRANGE
BEDS

经过整修，火车车厢成了一节东方快车似的软卧

他告别了家人，然后一路上交了画家、雕塑家、铁匠、音乐家、诗人和建筑工人等各行各业的朋友，用交朋友和做学徒的方式自学艺术，开始了雕塑和立体派绘画的创作。被美国著名物理学家费曼称为"疯子的艺术家"。左赐恩是他的偶像。

道格拉斯喜欢带客人参观画室。我们也不例外。画室就在我们住的火车车厢前方不远处。画室有个小小的院子，我们是和一只白孔雀一起踏上草坪的。好莱坞演员彼得·斯特劳斯曾经在这附近拥有一个牧场，养了很多只孔雀，现在牧场捐给了州政府，那些孔雀则四散在乡野，它们在阿古拉山繁殖生息着，所以此地的居民在后院看到有蓝白孔雀出没不是什么新鲜事。道格拉斯在草地上撒了一把长生果，孔雀立刻前去追食，并发出好像母猫叫春一般的欢快声。

院子里赫然还矗立着一个猪的雕塑，在露天餐桌旁。我向道格拉斯问起缘由，他说这是自己曾养了几年的野猪。当时有人抱来一头小野猪，问他要不要收养，他决定收留下她。他说当这头小野猪从婴儿变成了一个真正的女士以后，她开始无法无天，难以控制了。"她做了很多，你懂的，难以原谅的事情"，道格拉斯叹了口气，"然后，终于到了这样一个地步——她必须被处死……"道格拉斯说起这个十几年前的老小姐的生平，至今仍然有些唏嘘。"她临死前的最后一餐是燕麦，我用了整整一瓶龙舌兰酒来调和这些燕麦"，道格拉斯指了指至今仍然摆放在他画室门口的两个塑料餐盘："这就是波奇最后一餐的餐具。"这头叫作波奇的母猪喝得酩酊大醉，道格拉斯扣动了扳机。

后来，波奇小姐陆陆续续进了道格拉斯全家的胃。为了长久地纪念这个 350 斤重的老小姐，道格拉斯最终花了很长时间，用生铁亲手打造了一个和波奇一样大小的雕塑，摆放在画室门口最显眼的地方。波奇真是这个世界上命运比较奇特的一头母猪吧。我没有好意思问，当时撂倒波奇时，道格拉斯有没有落泪。他只是说："哦，我很想念她……"

早上起来，不要忘了喂孔雀·

我们最终和道格拉斯一起爬上了今晚要安睡的火车车顶，就在这个车顶，前不久还有人向心爱的姑娘求婚，并且成功了。也有人在这里度过了蜜月，他们临走时，都在客人留言簿里用插画的形式和主人分享了在车厢里发生的那些动人的场景。

视野的远方，是铺满圣塔莫尼卡山区西边尽头的晚霞；视野的近处，则是主人的后院：那里有摆放着他的大型雕塑作品的草坪，有养着锦鲤的池塘，有他的画室，有三个正在进行某种改造的集装箱（他雄心勃勃地打算把它们也改建成客房，我不得不建议他何时再找一架飞机什么的），还有一个依然在运作的锻铸车间！

道格拉斯抽着自制的卷烟，我们就这样一起等待着天色完全暗下来。他抽烟抽得有些多，说着说着话，他就手中又开始忙着卷烟了。就这样，我们坐在火车最后一节车厢的车顶，坐上这个几小时前还是全然陌生的人的人生列车，倒行到他曾经停靠的一个个小站，听他讲述那些在小站曾经发生的故事。这个情景，现在想来，依然有些超现实。

路途漫长的一天到了头，夜幕终于低垂，道格拉斯的无轨火车口的漫谈也告一段落。我们互道晚安，道格拉斯说："请帮我一个忙，明天早上不要忘记从你们的露台上撒些花生米，给路过的鸟儿们吃。"我们车厢的吧台上的确有一个白色的塑料罐子，上面用马克笔写着："给孔雀、蜂鸟、蓝松鸦吃的长生果"。

告别的时候，我们将放在床尾木箱上的两本杂志装进了行李里，这是道格拉斯送给我们的礼物。他收集了不少 20 世纪初的旧杂志，本来想卖掉，后来想不如送给客人，每次挑选离你入住日子最近的那本，让你住在这节 1958 年制造的车厢里，翻阅一下若干年前这个世界正在发生的事情。他送给我的这本名为《文学文摘》（The Literary Digest）的杂志，是 1918 年 1 月 26 日发行的。

TIPS

下榻：
道格拉斯的火车尾节车厢（Train Caboose with View Near Malibu）：zh.airbnb.com/rooms/1668703，房费 $195 左右。

停驻：
1. 派拉蒙农场（Paramount Ranch）：虽然这里属于洛杉矶地区，但是圣塔莫尼卡山区让你没有身处洛杉矶的感觉，派拉蒙农场是不少西部片取景之地。

2. 马里布溪州立公园（Malibu Creek State Park）：著名的马里布海滩就在附近，也可以前往这个州立公园爬山，这里也是电影《猩球崛起》以及《陆军野战医院》的取景地。

3. 老地方餐馆（Old Place Restaurant）：位于南加州洛杉矶郊区圣塔莫尼卡山区，具有 70 年历史的老地方餐馆曾经是小镇的邮政局和杂货店，现在是一个具有浓厚西部拓荒者酒吧风情的餐馆，供应沉甸甸的、温暖的老式美式食物。www.oldplacecornell.com

道格拉斯在他的画室

记得清晨要喂孔雀

THOSE STRANGE BEDS

"火车"上的早餐，还有房东精心准备的老杂志

太平洋边上，
蛰伏在大陆舌尖的蒙古包

TREEBONES RESORT

国家 美国
城市 大瑟尔
住宿 蒙古包和鸟巢
特色 融化在自然天光中野性住宿

　　"在大瑟尔，只在一年的某个时候和那些天的某个时段，一种淡蓝绿色调会弥漫着远山；它是一种古老而怀旧的色调，也是一种神秘的现象，我还认为，那色调源自于我们看待世界的某种方式。"1957年，美国作家亨利·米勒在其小说《大瑟尔和希罗尼穆斯·波希的橙子》里曾如是写道。在这本书里，这位在此地生活了18年的作家尽情描绘了自己和当时一众著名知识分子如何从"就连噩梦都被空调过"的沉闷城市生活中越狱出去，在大瑟尔这个另类艺术社区里的苦乐生活。

不妨就在太平洋剧场的一号座睡一夜吧·

　　半个多世纪呼啸而过，大瑟尔依然荒凉又美好，波希米亚味道十足，还是东方哲学爱好者静修的场所，这里是作家避世写作、音乐家聚众狂欢的地方。而我的那场奇异露营里，米勒所描述的那种古老而怀旧的淡蓝绿色调，就在我推开蒙古包的双开门时，井然有序地从面前红木露台上缓缓飘离开去。那是早晨七八点的光景。

蒙古包所在的树骨度假村，就坐落在大陆向海洋伸出的那条"挑逗之舌"上，舒缓的斜坡面太平洋而建，又被洛斯帕德雷斯国家森林公园不由分说地大力抱住。我选定的 13 号是面积最大、所谓有广阔海景的蒙古包，两张大床放在里面，看上去却像儿童床，夜间将帘幕放下来的话，可以将内部巧妙地隔成三个空间。这个蒙古包就好像是此间太平洋剧场的一排正中座，山坡下的 1 号公路是乐池，1 号公路下的太平洋，便是浩瀚的舞台了。

蒙古包露营，所谓的"Flirt with Yurt"，近年来在追求舒适的露营族中颇受青睐。英文管蒙古包叫"Yurt"，这种被中亚游牧族使用的蒙古包以其流动性、舒适性和新奇性，比帐篷更有家居气氛而成为一种另类露营住宿方式，让人在尽少程度"骚扰"自然的同时，达到和自然最大程度的亲近，这种宿营方式早已被位于智利、墨西哥、新西兰、坦桑尼亚等地处绝尘之地的国家公园、荒野探险和狩猎旅行采用。

树骨度假的蒙古包用道格拉斯冷杉搭建环形栅格结构，再在其上铺好绝缘隔热的结实的尼龙布料，地上铺着有地热装置的松木地板，房内还有火炉可供取暖，也有冷热水的水池，打开双开的房门，便是架在林子里的红木铺就的宽敞露台。蒙古包的顶都是柔和的圆锥形，我最爱其顶端那凸起的半圆形透明盖，这样一来，白天自然的天光可以爬进来，任凭不规则形状的光影在墙面和地板上缓缓爬行；而晚间，躺在床上，可以直接仰望星光。不用敏锐的听觉，也会发现夜空深蓝色的静脉深处，会隐约传来犹如血液飞速流过的唰唰声，那其实只是边上的树叶刮过蒙古包的顶篷，带着某种刻意拉长的急迫。偶尔还掺杂有低沉的贝司音、嗵嗵的闷鼓声，那可不是扰民的音乐组，那只是不远处海狮在叫更，海浪在敲平安鼓而已。如果此时决定披衣起床，到蒙古包外参加巡更的队伍，也不失为一

THOSE
STRANGE
BEDS

蒙古包建在舒缓的斜坡上，面向太平洋

阳光洒在蒙古包内

个美妙的主意，因为一座座尚未熄灯的蒙古包，正从内里发着光，让半透明的顶篷有飞起的外星来客之感，充满着科幻意味。

鸟巢里的盹儿和西伯利帐篷的放逐·

因为当时预订得有些晚，第二夜就没得蒙古包住了，不过此地另外还有一种西伯利帐篷有空房，搭在半山腰上，从原本住的蒙古包露台上往下张望，恰好能看到那顶白色的西伯利帐篷孤零零地杵在那里，左右前后绝无邻居。西伯利帐篷和一般的帐篷又有不同，它最早是由美国军官亨利·西伯利在南北战争时受印第安人的圆锥形帐篷启发而设计的，帐篷当中靠一根足以跳钢管舞的钢管支撑，底座亦有事先做好的地板，所以内里不像一般帐篷般局促，完全可以站直，只不过需要自带睡袋等寝具。

下放到"西伯利"，果然就有被放逐的感觉，蒙古包居住区算是度假村的人口密集区，而这里就好像是独乐乐的郊野，打开帐篷的拉链，草丛里寂静极了，能听到极其细微的野兔擦过树干的声音，模糊纤细，又时断时续，好像画廊橱窗里那帧故意脱焦的照片，欲表达稍纵即逝却又神秘有加的吸引力。然后野兔子终于露面了，表情既迷糊又机警，看到我们就慌张地快速跑远，又在草丛边停一停，好像是领着薪水在尽一个"我是害羞的野生动物"的本分。

如果蒙古包对你来说太舒服，帐篷又不够特别，那么就试试此地真正遗世独立的鸟巢吧！是的，每日午后，在漫长的海岸线步道跋涉之前，尽可钻进这个真正的、搭筑在树上的鸟巢里，在和纯净太平洋蓝的对视中，打一个绵长的盹儿。这个巨大的鸟巢是本地艺术家杰生·范的编织作品，选用橡树、梅树、柳树和桉树的枝条，有机地搭成一个不仅可供观赏，更可使用的疏密有致的居所：叫"灵巢"。它犹如精神的子宫，供人冥想、沉思、汲取自然的养分。说是"子宫"，其实内里亦很宽敞，放置着一张绿色双人席梦思，两个靠枕，如果没有人入住的话，你可以攀登上去，它便是你的了。夜间它也出借给旅客过夜用，不过需要自带睡袋，纯粹是天地为家云当被。那天下午，我们路过鸟巢，那里正好空着，便很开心地爬上去，头枕在靠枕上，越过四只脚丫，眼神就此含笑不语地飘过鲜花盛开的山坡，落至陆海相交的地方，直到它和礁石撞出波澜起伏的鼾声。

后院菜园和它的 WWOOF 帮手·

度假村里有一个提供正餐的餐馆，还有一个玻璃房寿司吧，皆面海。我夜夜去帮衬，因为知道它的来源新鲜，蔬菜来自 50 米开外的自家菜园。这个有机菜园是 WWOOF 的农场成员，所谓 WWOOF 是 World Wide Opportunities on Organic Farms（世界有机农场机会组织）的简称，这是一个鼓励分享有机生活的国际性组织，1971 年起源于英国。它的成员分成两种，一种是作为东道主的有机菜园，一种是作为志愿者的菜园义工。它在那些希望在有机农场做义工的人们和寻求人手帮助的有机农场之间搭建了一座桥梁。当然对于免费义工，有机农场提供相应的食宿和有机生活的体验。当我在园子里散步时，遇见一名叫辛达丽的黝黑女子，她便是菜园主管。这位正在进修"园艺大师"课程，有 20 年园艺经验的老园丁把此处作为了她的试验田。辛达丽穿着格子衬衫，背着草帽，一边和我说话，一边随手从身边的香豌豆藤上摘下一朵紫白色的花，戴在头上，指缝里是证明田间劳动的泥垢，臂弯里挽着的大藤篮里是刚摘下来的胡萝卜、朝鲜蓟等。她颈上挂着一块墨绿色的玉石，是她的朋友在附近的翡翠湾采来的。当我向她解释我的名字正有晨玉的意思时，她就着急地把那块玉从颈里拨弄出来，执意要我摸一摸。最后，她笑着抖了抖篮子，说，"这是今天的晚餐，请来试试看吧。"

因为我也是 WWOOF 的会员（每年只需付费 20 美元就能成为其会员，获取菜园通讯录，申请义工机会），便询问起到那里做义工的机会。辛达丽说这里可是早就排满了，现在就有两个 WWOOFer 正住在这里和员工们一起工作呢，每期至少一个月，写作者在此劳逸结合，是最理想不过了。她说有兴趣的话，下次早早申请吧。

耗尽 19 年，只为搭起那些蒙古包·

说了这么多关于这个度假村的种种趣致之处，却还没有来得及讲它的源起，要讲的话，还不得不借用童话式的开头："从前，有一对洛杉矶新婚夫妇到大瑟尔度蜜月，就此爱上了这里，遂经常利用周末和夏天到这里度假，终于有一天，看到蒙特利县以南 100 公里处，一块曾是锯木场的坡地挂着出售的牌子，他们便迫不及待地买了下来。曾是玩具设计师的约翰·韩迪和太太想在此地建一个他俩曾在俄勒冈州立公园里看到的那种蒙古包样式的住宿处，既可以让旅人最大程度地接近自然，又提供一定的舒适度。"这个"从前"，是近 30 年前。这对年轻的夫妇当年未曾想到，这一切只是他们大瑟尔梦的开始，而当真正达成时，他们早已年过半百，并是四个孩子的父母了。

这四分之一个世纪，他们是这样分配的：10 年梦想和计划，6 年时间准备文件，做环境调查，获得蒙特利县和加州海岸委员会的区划准许证，最后花了 3 年时间完成，2005 年开业至今。麾下共有 16 座蒙古包式帐篷，6 块海景露营地，1 个鸟巢，中央则是一幢建得也犹如蒙古包的木圆屋，充当小村落的社区中心，既是前台，也是餐馆，大家既在这里围着火炉打盹，也在这里下棋、玩桌游、策划次日的徒步线路等，公用的浴室厕所也在这里。这里的野地步行指南做得好像菜谱一样，因为是主人家联合有经验的客人一起自制的，是第一手的资料，不少线路图是主人自己手绘的，写上诸如"新手谨慎""客人的推荐"等评语，插在塑料活页里，放在壁炉前的茶几上，和建造度假村时的家庭相册放在一起，供取阅。

而度假村建造时，俨然有"如果外面战火纷飞，我也不用怎么紧张"的设想，因为它有自给自足的生存系统，并巧妙地将资源循环和再生。比如他们有自己的供水系统，包括 42000 加仑的水箱和

鸟巢内里其实很宽敞

THOSE
STRANGE
BEDS

遗世独立的"鸟巢"　　　　　菜园主管辛达丽

在鸟巢小憩，你可以和太平洋对视

阳光洒进了蒙古包

THOSE
STRANGE
BEDS

太平洋边的帐篷，果真有"流放"的感觉

50 米深、可直接饮用的纯净山泉水井；停车场下的土层深处有自己的化粪池，用清洁燃烧的丙烷作为微型涡轮发电机的燃料，而涡轮机产生的高温废气也未浪费，而是再利用起来加热度假村的游泳按摩池和洗手间等；他们竟然还有自己的消防车呢。

"而最终，只有在树林里，你才会对'城市'产生怀旧感，你梦想着那些漫长的，以城市为目的地的灰色旅行，那里温柔的夜色将会像巴黎一样展开，但相比荒野的健康和寂静所散发出的原始纯真，我早已预见那旅行是会有多令人不适，所以，我告诉自己，'放聪明些'。" 20 世纪 60 年代早期，携裹着《在路上》盛名的克鲁亚克住进大瑟尔的林间小屋，后来写下一本名叫《大瑟尔》的小说，在这本描述一代人在荒野寻找避世之处的小说里，他曾如此写道："我终于有些明白了亨利·米勒的那一句'放聪明些'。"

TIPS

下榻：
树骨度假村（Treebones Resort）：蒙古包 $263 起，鸟巢 $150，西伯利帐篷 $135，海景露营地 $95（后三者都需自备睡袋）。
www.treebonesresort.com

停驻：
1. 大瑟尔地区旅行指南：jrabold.net/bigsur

2. 塞拉玛（Sierra Mar）：坐落在大瑟尔太平洋一号公路沿线最低调奢华的酒店 Post Ranch Inn 内，该餐馆坐落在峭壁之上，面对太平洋。曾获美国《葡萄酒观察家》杂志的荣誉大奖。
www.postranchinn.com/dining

马泰拉"洞房"，时间是谜底

SASSI IN MATERA

国家 意大利
城市 马泰拉
住宿 洞穴酒店
特色 在难以想象的洞穴房间里参悟岁月

意大利之旅的中段，相比阿玛尔菲海岸女神的喧嚣，此地突然陷入了希腊古典石像般的沉默。从版图上来看，位于意大利南部的巴西利卡塔大区恰好长得像一个在努力凝视的希腊古典头像，而我正在拜访的这座叫作马泰拉的城市，则坐落在头像后脑勺的地方，这是一座掩藏在峡谷里的城市，一处由洞穴垒成的古老栖居地。

他们依然住在祖先 9000 年前住的同一间屋子里·

马泰拉这种迷津小城适合我这般路盲，信步由缰满地走，那些迷径随时准备着岔开两支：要么带你来到你想要的地标，要么带你去到你事先未曾预料到却更美妙的地方。其古城由两个石洞

一半明一半暗的马泰拉

THOSE
STRANGE
BEDS

马泰拉这种迷津小城适合我这样的路盲，随时迷路，随时有惊喜

区组成：巴里萨诺和卡维奥索，内里的民居都是密密匝匝层层垒叠起来的老窑洞，约有 150 座石头教堂和 3000 座左右可居住洞穴。石洞居民可以这样向人介绍他们的居所，"我们依然住在祖先 9000 年前住的同一间屋子里。"石洞里小径分叉的台阶，会让人想起埃舍尔那些令人生惑的迷宫，你时而觉得自己正悬浮在半空，随即在下一秒，因为看到深嵌在外墙石灰石里的贝壳化石，你方惊觉此地远古是片海。

这些石洞自打旧石器时代就有人居住，是人类最古老的聚居地之一。公元前 3 世纪，马泰拉被罗马帝国征服，此后有拜占庭人、伦巴第人、诺曼人、阿拉伯人、斯拉夫人和阿拉贡人轮流来坐庄。闲走在好像正在张嘴打哈欠的峡谷边缘，面对那些密密麻麻次第上升的灰色，俨然是一幅耶稣诞生的背景图，难怪梅尔·吉布森为其电影《耶稣受难记》选外景时，看到这种朴素壮阔的美和力量就说："这里，就是耶诞时的耶路撒冷！"

通过一本书的方式，和它相识·

马泰拉的洞穴民居曾是漫长的苦难留给现世的标本。就在 60 多年前，此地可用意大利医生、画家及作家卡洛·莱维的经典作品《基督驻足埃博利》来描述，也就是说，连上帝都拒绝再移步前往埃波利以西那个叫作巴西利卡塔的洞穴区。

莱维先生的另一个身份是反法西斯者，1935 年他被墨索里尼政府流放到巴西利卡塔区的小城，他将那一年流放经历写成回忆录，描绘包括在马泰拉等洞穴区域生活的南方人的赤贫生活：乞丐们向路人乞讨的不是钱，只是治疟疾的奎宁；全家十几口人和骡马生活在一个不通风的洞穴里；初生婴儿死亡率高达 50%；教育倒还是有的，是市长本人在教，不过他总是花更多的时间在露台上向远方眺望。莱维的书让全世界知道了马泰拉这样的洞穴城市和当地"山顶洞人"的生活惨状。1952 年开始，意大利政府花 6 年时间将老区居民迁入新城，而老城则作为人类最古老的居住样本被保护起来，更在 1993 年登上联合国教科文组织的《世界遗产名录》。

政府鼓励老人和年轻夫妇搬回老城居住，老人大多不愿住回拥有噩梦般记忆的旧地，年轻人倒是乐意前往。虽然洞穴公寓不免潮湿，但冬暖夏凉，又有历史况味，因此也有一些年轻夫妇从罗马、米兰搬来老城定居的。老城的房子约 90% 归政府所有，如果你愿意住到老城的洞穴老屋里，需自己支付一笔修缮费用（每平方米的修缮费用约为 2500 欧元），政府也会小有补贴，至此你拥有 30 年居住权，之后则需向政府支付房租，就此避免在政府资金匮乏的情形下，让老城成为乏人居住的空城博物馆。现在的的老城大约有 2000 居民，它既荒凉又充实，你以为完全是弃地，却一拐角就碰上三两行迎风飘扬的衣物；尚有鸽子在完全废弃的洞穴里咕咕叫，隔壁一间却传来空调笃悠悠的嗡嗡声。

你必须得在"洞房"里待上一夜 ·

在我看来，到了马泰拉，在老城洞穴住一夜简直应该成为规定。事先在网上寻找合适的"洞房"过夜时，曾读到一个意大利人对某一洞穴酒店的评论，用谷歌翻译机将意大利原文翻译成中文，这段具有强烈镜头感和趣致翻译腔的抱怨把我乐翻："起初看起来古朴的环境，但几分钟后的湿度将开始腐蚀骨头（相信我，我不夸张，我的伙伴），我试图反抗，并停在原地，但一个小时后，我们在心里决定在晚上离开。老板是一个脾气暴躁的人，不愿听理由，并迫使我们付出房间（洞）的全部费用。"而在最后落款处通常应该落下"诚挚的""满怀爱意"之类形容词的地方，那个满怀心酸的倒霉蛋用了"Pazzesco"，意即疯狂。

就在我做好要被腐蚀骨头、要反抗、要越狱的准备抵达巴西里安尼酒店时，一切体验却似乎截然相反。办理酒店入住手续就花了 20 多分钟，可不是因为房间没打扫好或是没人理什么的，而是我和

THOSE
STRANGE
BEDS

马泰拉老镇街道上，古朴雅拙的装饰

俯瞰马泰拉，更像一座迷宫

酒店女主人加布里拉面对面地座谈许久。当我和她道晚安时，我已知道了此地值得推荐的餐馆，此酒店的改建过程，那种用在酒店房间里叫作 Calce 的涂料，她弟弟的婚姻、职业状况，乃至于她外祖母当年如何来回两三个小时步行到峡谷下的山洞洗衣服的事情。

接下来住的家家洞穴旅店的体验皆为愉快的奇趣：巴巴里安尼酒店的那间客房巨大得好像睡在酒店大堂一般；而圣马蒂诺酒店那间洞房的形状体积和材质，让半夜醒来的我恍惚以为自己被送进了砖制拱形比萨烤炉；圣乔治住宅酒店掀开房间的门帘，中世纪竟和你只有一帘之隔：一个通向 10 世纪的圣乔治教堂的幽道就在你面前悄悄延伸；而瑟克斯坦蒂奥蔓延酒店呢，则就在你以为误上了一段野长城，为被抛尸荒野都无人知而发怵时，信手推开一扇单薄破铁门，结果却发现了这家把 13 世纪修道院当成早餐室的低调奢华酒店，农具随意地摆放，以至于床下突然钻出一只羊来我也应该很镇静吧。而在室外小眺，恍惚就有在七八百年前的长亭古道边眺望大峡谷的错觉，让我忽然懂得了这个被莱维先生称为"永远耐心的世界"。

洞穴里，还有力与美的自然握手·

从洞穴酒店出发去洞穴博物馆之前，我当然要去光顾一下此地的洞穴餐馆（的确，老城的一切都在洞穴里展开）。我去的那家餐馆叫作弗朗西丝卡，就在我用手机上的意英词典满头大汗地查阅着菜单上的那些动物内脏时，服务生静静地观察了良久，然后大概是觉得我应该是折腾得差不多了，气定神闲地说："请允许我用英语介绍一下菜单吧。"那么，我最后点的当然是，羊肠卷着羊肝等杂碎，再深深炸一下的地方土特产，用它们来佐一如本地洞穴般形状的深褐色面包。

除了洞穴改建的酒店和餐馆总得一试外，也请不要错过在洞穴里的博物馆。Madonna delle Virtù 教堂建于 10~11 世纪，是罗马天主教堂，楼上则是东正教的 San Nicola dei Greci 教堂，当年这里就好像一个宗教大厦，天主教请往前走，东正教请上二楼。东罗马帝国的里奥三世下令禁止供奉圣像，于是一些修士们逃离到这个掩藏在峡谷中的避难所，在画满了绚丽圣像的石头教堂里继续着他们与神之间感性的、面对面的交流。

现在这些一窟连一窟的老教堂有时也会变身为艺术展览的场所，在斑驳的圣像背景下，那些现代雕塑迎接着人们新的崇拜。石壁上大小不一的洞和凹凸有致的石灰石成为布展天然的镜框和台架，由于洞洞相连透视，也可让不同展室的作品在某一视角中呈现在同一平面，进而产生相关展品之间的互动和沟通，甚至让这些独立的作品产生某种群像的倾诉效果。当时，正在教堂里展出的是意大利雕塑家弗兰切斯科·索马伊的作品，他的雕塑雄浑、大气、古朴，和展馆实现了硬朗的力与美的自然握手。

临走的那天清晨，我跟随当地人米凯莱来到马泰来古城脚下的峡谷，他是一个很酷却总有些疲倦的意大利人，开了一个旅行合作社，叫作 Ferula Viaggi。他专长于远足和单车游巴西利卡塔区，《孤独星球》在本地采写时，就由他带路走了一周。

我们专注地跋涉在这个叫作格拉维纳的小峡谷。它是由河流经年强烈冲刷切蚀而成的，只是当年切割它的那条奔腾的河流，现在只是一小条毛细血管般的小涧，静止且漂浮着很多的绿藻，不过你也不必为它操心，它毕竟还是会找寻到布拉达诺河，在那里和大部队汇集后，一起投奔向 50 公里以南的爱欧尼亚海。

我们向那些凿在峭壁中的石头教堂进发，去寻找圣巴西勒会修士们留下的壁画。在寂静的山谷中跋涉，起初你尚能听到镇里教堂的钟声和鸟儿扑扇着翅膀的声音，渐渐地，这些声音消退而去，取而代之进入你耳膜的是那些来自小亚细亚的修士们隐约的脚步声，那是来自一千多年前的沉着和坚信，那是基督的使者们又悄悄回到了马马拉。据说，在此吟诵经文就像在耶路撒冷一样。

洞穴酒店圣乔治的浴室

洞穴酒店圣马蒂诺的单人房间

马泰拉夕阳西下时的街道

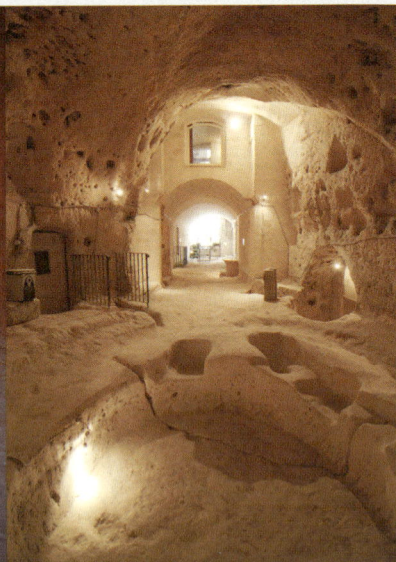

洞穴酒店的秘密小门后，是中世纪的教堂

TIPS

下榻：

值得推荐的洞穴酒店如下，其中前三家价位中档，最后一家属于豪华型酒店：

1. 巴西里安尼酒店（Basiliani Hotel）：
   www.basilianihotel.com

2. 圣马蒂诺酒店（Locanda di San Martino）：
   www.locandadisanmartino.it

3. 圣乔治住宅酒店（Residence San Giorgio）：
   www.sangiorgio.matera.it

4. 瑟克斯坦蒂奥蔓延酒店（Sextantio Albergo Diffuso）：
   www.legrottedellacivita.com

停驻：

1. 马泰拉当代雕塑博物馆：简写为 MUSMA，这是艺术工作者在探索当代雕塑在古老语境下的特殊意象，而对于身为到访者的你来说，可以在这一环套一环的洞窟中寻艺的同时，顺便角色扮演一下古墓丽影的罗拉。www.musma.it

2. Ferula Viaggi 旅行社：专长于远足和单车游巴西利卡塔区，如果你需要导游带你游览这个大区，可以找它。www.ferulaviaggi.it

3. 弗朗西丝卡餐馆（Ristorante Francesca）：值得推荐的洞穴里的餐馆。www.ristorantefrancescasassi.com

我被这些奇形怪状的房子，牵着鼻子跑了

WAKE UP IN THOSE STRANGE BEDS

国家 美国
城市 加州，俄勒冈州，纽约
时间 2013~2015 年
住宿 各种形形色色的奇怪房子和床
特色 让你脑洞大开的各种住宿体验

　　2015 年年初，我在 Airbnb 网站上看到这样一个颇为壮观的房源："Night at 9,000 ft in the Air"（在 9000 英尺的半空住一夜），这个位于法国罗纳—阿尔卑斯大区的房东，邀请你到名为高雪维尔的滑雪胜地的缆车上，在近 2800 米的半空中免费过一夜。我郑重地按下那个"申请预订"键，向高雪维尔房东发出申请："我已经住过树屋、船屋、灯塔、火车尾节车厢、私人博物馆、画家的家、不入电网的帐篷、沙漠农夫小屋、黏土睡莢、好莱坞艳星旧寓、古董商店、'吸血鬼'故居……但是，我还从来没有住过阿尔卑斯半空的缆车呢！"

　　遗憾的是，房东最后没有将这个机会给我，一个叫作托马斯·施特劳德的 Airbnb 用户成为了幸运者。Airbnb 用这个"Night At The…"（在……过夜）系列活动，曾让幸运的房客入住过阿姆斯

特丹的一架荷兰航空公司的飞机、澳大利亚的一个"宜家"商店以及伦敦的一家书店。在 Airbnb 上可以找到各种下榻的可能，阻碍你入住的因素可能只有你的想象力。

好在我也无须成为 Airbnb 的 "Night At The…" 大奖赢主，只要稍微花点时间在这个网站上用鼠标溜达溜达，我也能发现够有趣的房子，遇到够有料的房东。是的，我不得不羞愧地承认，我被这些奇形怪状的房子，或者趣味横生的房东，乖乖地牵着鼻子跑了。Airbnb 在某种意义上重新定义了我旅途中下榻的意义，有时我甚至为它而改变旅行的方向。从地球角落的这张床到那张床，它们俨然帮助我给当地风土人情做了一个快速而有效的切片。

一艘好像旗舰一样的玻璃小屋正妥妥地停在荒漠之海·

每次去南加州约书亚树的那片荒漠，似乎都是为了去住那些被遗忘的小屋。这些小屋一般都不在铺好的水泥路上，它们总是需要你颠簸在沙路上。房东会告诉你，在太阳落山前抵达！如果不按照他们的路引，轮胎陷在沙漠里恕不负责！房东给你的指路电邮的第一句话永远都是大写的："Do Not Use Google Maps!!"（千万别用谷歌地图）你必须严格遵循他们传统的口述地图，比如这次：

"在 La Brisa 右转，然后刚刚好开 1.8 英里（看好你的仪表盘），在经过一栋废弃的灰房子后左转，再走 0.2 英里，右转，然后再右转（你会看到一个小小的记号写着 AZ），然后左转（经过一辆生锈的自行车），最后抵达 2373 Arizona Rd。

最后你可以想象：我们站在沙漠中，尽管的确是将眼珠要贴在了仪表盘上，按要求行驶了 1.8 英里（但事实是仪表盘并未精确到小数点上，"刚好开 1.8 英里"其实很难度量）；我们也经过了荒废了的灰色的房子（事实上经过的每栋房子貌似都是荒废了的灰色的），最后难免落得这样的情形：我们发现自己站在了一个沙漠十字路口，手机没有信号，周围没有人烟，更不要说那个神秘的要入住的凯西·琼斯的房子，就连生锈的自行车都没有看到。

然而你们也知道的，天无绝人之路，就好像西部公路片那样，一辆破旧的皮卡就这样先以隆隆的声音，然后从点到块地降临在我们面前。一个难看的人摇下了车窗。此时，他在我眼前，就好像是大卫般的男神。他看了一下我手机上的地址，嘴里嘟哝了一下，"哦，生锈的自行车在那边，跟我来。"

我们就这样跟着皮卡来到了目的地，经过了生锈的自行车，陌生人遥指杏花村般地向前方指了指目的地，那辆皮卡就载着它善良而难看的主人绝尘而去了。我们感激地点头致意，可是，当我们再回头，却发现自己依然还在沙漠的汪洋中漫无目的地待着，依然没有看到那要命的凯西·琼斯的房子。直到我稍微再向前方急走两步，站到了一个小沙丘的顶端，才发现，在另一个沙浪之波的底端，一艘好像旗舰一样的玻璃小屋正安静地等在那里。

在俯瞰旧金山湾的树丫间醒来·

这个离旧金山国际机场不远的，位于伯林盖姆的树屋，是我的Airbnb"处女住"，那还是 2013 年初，当我看到那张稳稳当当扎根在遒劲老树上的小木屋的照片时，我当即决定无论如何也要上一下树，于是 3 个月后，我终于约了两个女朋友前往。令人惊喜的是，这个位于郊区幽静居民区的树屋空间颇大，睡三个人绝无拥挤之感。晚上入睡时，我把脱下的衣服挂在了枝丫上，而清晨，我是被从树隙中猛烈传来的、极其大声的阳光闹钟给吵醒的。躺在枕头上，穿过树屋外的树叶缝，能看到旧金山机场的飞机已经开始在深蓝色的海湾上，一架一架地起飞了。留言本上，有客人写了一首小诗："小松鼠们中间，吊在树枝上的水晶吊灯在猛烈地燃烧，我们睡在空中。"客人们在诗行下，画了一个闲走的公鸡。

主人道格在 17 年前，花了两年时间在自家院子的树上搭建了这个树屋，它曾经让儿女度过了难忘的童年时光。孩子们记得他们挤

THOSE
STRANGE
BEDS

好像旗舰一样停泊在荒漠的沙漠小屋

可以放眼望到旧金山机场的树屋（卢珊 / 摄）

成一团，窝在树里，在夏夜，看投影到白色床单上的电影。4 年半前，他长大成人的女儿在旅行时用了 Airbnb，于是建议空巢的父母将其改建为 Airbnb，这个本来带有些许伤感意味的上了锁的家庭角落，被抖落了厚重的灰尘。虽然一手打造这个树屋的爸爸已经老了，但托起这个树屋的树，已经成为旧金山最受欢迎的一棵大树。

像拉姆齐太太一样到灯塔去·

我按照房东的指示，在圣帕布洛游艇码头等到了一辆破旧的小艇，10 分钟的航行，抵达了位于旧金山东北湾里士满的东兄弟岛。在这个周长只有不到 200 米的小岛上，有一个依然在运作的灯塔。晚上，我将睡在这个灯塔里。这座建于 1873 年的维多利亚风格灯塔本来应拆毁的，但有一群爱塔者通过种种努力将其保留下来，为了解决灯塔自负盈亏的问题，决定将其内部改装成对外营业的民宿，但同时依然保持其灯塔和雾笛的日常运作功能。

临走那天上午，在鸣响了现在只具怀旧功用的老式蒸汽雾笛后，我在雾笛房的黑板上留下了一句"Hey Jude, don't make it bad"（嘿裘德，不要这样消沉）——这是披头士乐队的代表作《Hey Jude》的第一句歌词，歌名恰好和房东裘德同名。裘德是灯塔看守人理查德的太太的名字。她以前是个戏剧艺术工作者，在自己创立的非营利性剧团里导演和演出了多部话剧。一年多前，看到征召灯塔看守人的职位时，她和理查德就做出了到灯塔去的决定。她的生活曾经围绕着每一年的戏剧演出季，而现在，听任她调度指挥的演职员则是岛上果园里的水果和蔬菜，是入住灯塔的客人们，整个岛屿都是她的舞台，灯塔则放射出她目前生活的追光。裘德让我想起弗吉尼亚·伍尔芙的小说《到灯塔去》里的女主人公拉姆齐太太。在拉姆齐太太的眼里，灯塔的光芒代表着生活的胜利，象征着这种平静、这种安宁、这种永恒。

裘德和理查德已经在这里待了近一年，他们还将花一年的时间在此，守护这座灯塔。每周闭岛休息那两天，他们会乘风破浪地开着小艇航行到西南方向的伯克利海滨，在那里，有一艘叫作"蝴蝶"的13米长的拖船在等着他们。是的，当不在这个微小的岛屿工作的时候，他们就在那个相当大的拖船上度过自己的工余时光。

我将在那片草场尽头的童子军营房帐篷和你相遇·

美国导演韦斯·安德森的电影《月升王国》里讲述了发生在两个12岁少年之间的浪漫故事。在这个1965年的故事里，小苏西和小山姆在策划他们一场小小的出走时，曾有过下面一段对话：

山姆："亲爱的苏西，这是我的计划。"

苏西："亲爱的山姆，我的回答是'是'！"

山姆："亲爱的苏西，什么时候？"

苏西："亲爱的山姆，什么地点？"

山姆："亲爱的苏西，从你家朝正北方走400码，到那条尚未标上路名的土路……我将在那片草场和你相遇。"

如果说电影里那个英格兰新潘藏斯小岛上的童子军营房只是韦斯·安德森电影里的青春幻像，而我在其遥遥相对的美国西海岸找到的类似住宿地点则在俄勒冈，靠近因为每年夏天的莎士比亚戏剧节而名声远播的爱什兰郊外。这个有类似的广阔草地、童子军帐篷和复古童话气息的农场名叫"Willow — Witt Ranch"。它是一个尚在运作中的农场，种菜、养牛羊，也是所谓的"Off the Grid"农场，也就是说它不在电网之内，农场用电完全靠太阳能供电，此地当然必须没有手机信号。

Willow — Witt Ranch 没有晚餐供应。我们从农场主人苏珊那里买了他们自养猪肉做的培根和肉肠、自家鸡下的鸡蛋、自家山羊刚挤出来的羊奶和一大块夏巴塔面包，菜园里的蔬菜都还没有到成熟的时节，无奈只能挖了一颗大蒜，上面的蒜苗可以炒一炒。我们不费力地成为了"Lacavore"（意指只吃当地土产食物的人），抱着奶，

帐篷外的冲凉房

我的女伴在帐篷前变成了"独角兽"

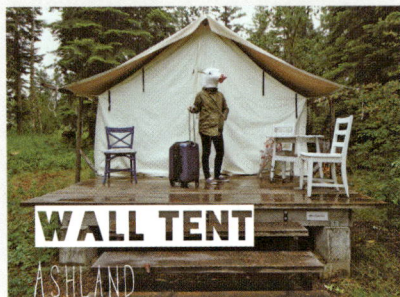

WALL TENT
ASHLAND

THOSE STRANGE BEDS

"独角兽""枣红马"与"大公鸡"在帐篷里享用早餐

举着蒜苗，捧着肉制品，在齐膝的寂静草场间快步通过，赶在长日将尽之前埋锅造饭。

晚餐后，我的旅伴、数学女博士乔安娜得到邻居帐篷老伯相赠的、他喝剩下的红酒，她决定早早上床，用塑料杯将就地贪杯了一下，结果……第二天，赫然发现帐篷里的女博士已然无可挽回地变成一头……华贵的……独角兽！"独角兽"和"枣红马"以及"大公鸡"后来在雨声伴奏下，用好了早餐，玩起了跳棋。

当最后一根木柴被烧净后，"独角兽"的魔咒已除（可能是红酒里的迷幻神药药性已过），它又重新变身为文雅的姑娘。正好我们那些被整夜的雨水淋湿的袜子已经被柴火烤干了，我们穿好袜子，回家。

在街面古董商店里睡三天·

我们拖着行李箱，从地铁 G 线下车，已经在布鲁克林的绿点大道上走了 10 分钟，终于走到了这条大街的尽头，几乎到了东河边上，才找到了布鲁克林之旅的最后一站——一家橱窗里至今还挂着"Le Grenier"招牌和几样零星东西的古董店。如果你用谷歌搜索"Le Grenier Antique Store"，谷歌依然会显示它的营业时间。

如果不是因为这家古董店，我们也许压根儿没有机会来到布鲁克林北端这个曾是波兰人聚居地的前工业区，现在，它已成为炙手可热的住宅区，在布鲁克林公园坡，甚至威廉斯堡置业的中产阶级，都指望可以在这里找到一栋连体木结构或者砖砌联排别墅。当有一处性价比合理的房源进入市场时，有一位小学教师曾这样向《纽约时报》描述她的典型看房经历：

"我们和一百个人一起看了这套房子"，而房产经纪人告诉她说，"你必须排队上楼。"

显然这家古董店的女主人玛雅颇有眼光，她早在十年前就和朋友合伙买下了这个 19 世纪末期河滨边的老屋。她曾经是时尚业工作者，后来她将兴趣转入了古董和室内装修。不过，这家 2009 年开张的古董店并没有给玛雅带来预想中的利润，毕竟作为零售店铺，它位于路的尽头可不是一件好事，然而，现在作为民宿，却是再合适不过，因为闹中取静。

店铺（哦，得说我们的公寓）的中央，曾经供顾客徜徉流连的空间放置着一张双人大床，被褥温暖而舒适。房间里还摆放着不少当年古董店里没有卖出的旧货，其中包括了玛雅最喜欢的镇店之宝——一个带有 16 个扁抽屉的档案柜子，据说曾是大都会艺术博物馆的办公家具。墙上挂着年代久远的人体解剖图，印在古董牛皮纸上，最下方有来自玛雅的提示："价格不菲，请勿触摸"。古董店的老吊顶来自密苏里的一个学校，而木头地板则来自曼哈顿一栋现在早已被拆毁的建筑，这位玛雅显然是个疯狂的搜物狂。

我们花了不少时间把散落在房间各个角落的、历年来没有被卖掉的古董灯一一打开，把用来遮住橱窗的布帘子拉上，打开现在已经充当碗橱的玻璃柜台，将碗盘拿出，看碗底有宜家商标，确认了这是给我们用的，不是古董店的存货，取出茶杯，开始烧水。我们将在这个古董店里住上三天三夜。但愿我们不需要接待一些消息不灵通、慕名而来的客人。

TIPS

1. "一艘好像旗舰一样的玻璃小屋正安静地停在荒漠之海"里的沙漠木屋凯西·琼斯的房子（Casey Jones House）：zh.airbnb.com/rooms/2171867，房价 $150 左右。

2. "在俯瞰旧金山湾的树丫间醒来"里的树屋：zh.airbnb.com/rooms/86456，房价 $275 左右。

3. "像拉姆齐太太一样到灯塔去"里的灯塔：www.ebls.org，现已不在 Airbnb 上出租，可以直接到其网站预订，房价从 $295 起。

4. "我将在那片草场尽头的童子军营房帐篷和你相遇"里的农场帐篷：zh.airbnb.com/rooms/849777，房价 $145 左右。如果不习惯住帐篷（即使它依然有舒适的床），可以选择农场里的 Farm House Studio，是农场带厨房的乡村木屋：zh.airbnb.com/rooms/628031，房价 $200 左右。

5. "在街面古董商店里睡三天"里的古董店：zh.airbnb.com/rooms/323688，房价 $175 左右。

THOSE
STRANGE
BEDS

当年的古董店，如今的民宿，考究且有年代感

坐在古董店内的我（谢玮玮／摄）

一百种醒来的方式

A HUNDRED
WAYS
TO WAKE UP

2 st

一百种醒来的方式

A HUNDRED
WAYS
TO WAKE UP

在深泉男校
住四天三夜

A BEST KEPT SECRET: DEEP SPRINGS COLLEGE

国家 美国
城市 大派恩
住宿 深泉学院的学生宿舍
特色 美国神秘的私立男子学院

深泉学院所在的深泉谷里的沙漠灌木丛是无穷无尽的，如果不是学校西边和北边的白山，以及东边和南边的隐由山所筑起的天然围墙的及时阻止，它们很有可能会像时间，或者像 π 一样永无止境地蔓延出去。这里的自然风貌难免让你想起了亨弗莱·鲍嘉的黑色片《化石森林》，或者斯宾塞·屈塞的惊悚片《黑岩喋血记》，而事实上，这些片子的确是在这些地域取景的。

旅人从美国加州西部一马平川的 395 号公路拐进 168 号公路，在蜿蜒的山路盘转了近 42 公里之后，应该会看到 "Deep Springs 1 Mile"（距离深泉还有 1 英里）的醒目路标，顺着路标的指引，右转进入一条叫作 "Deep Springs Ranch Road"（深泉牧场路）的年久失修的支路，尘土飞扬的尽头是一个看来既弱不禁风又饱经风霜的老旧的木框子搭起来的门。门楣上，斑驳的白漆隐隐可见"Deep Springs College"（深泉学院）的字样，中央倒垂着一个如果不知就里多半会以为是被不小心甩上去的铁钩——其实它就是此地的标志，确切来说，它是一个倒置着的字母"T"，看上去就像是此地创办人卢西恩·卢修斯·纳恩先生首名和中间名的首字母，两个"L"并拢起来的样子。木门两边，取代围墙的，则是带着倒钩的铁丝网，将 1012 公顷左右的牧场密密实实地同外面的世界隔绝起来。我将在这个神秘的学校里住上四天三夜，不得不说，这是那些我睡过的奇怪的床中，最难申请到的。

欢迎来到美国录取率最低的高等院校之一：深泉学院·

如果有外人拐到这里，多半是在荒原的长途行驶中跑断了油，他们对这个木门内的世界毫无概念，附近的居民或多或少知道这个地方，具体情况不明，只知道在那里面生活的人都特别聪明，也有人则选择相信这里是个青少年杀人犯改造中心，为他们平淡无奇的高海拔沙漠生活增添丝缕戏剧色彩。十年前，深泉的学生如果不是自驾到学校报到的话，他们就得先到拉斯维加斯，然后坐巴士到内华达州的棉花尾巴牧场，深泉的校车司机再从那里把他们接到学校。"棉花尾巴"曾是内华达州的一个合法妓院，因为妓女退休，它在 2004 年关了门。该地遂巧合地被一姓"Love"（乐福）的小姐买了去，该小姐的全名是兰尼·D. 乐福，是一名房地产投资者。现在，校车司机总算可以在离学校 64 公里的一个叫主教镇的正常地方接新生了。

学生们事后追忆其深泉时光，难免会想起说得来的同学、师长，在这条深泉牧场路的小径上饭后散步，如果没有啪嗒啪嗒的马匹或者轰隆轰隆的汽车经过，这条龟裂的小马路并不会尘土飞扬，也就少了些加州西部狂野的风尘仆仆，而多了些俄勒冈世外桃源般的田园气息。深泉 2006 级学生，苏州人李栋曾经常和他的好友在晚餐后走出校门，一直漫步到沙漠里去。

他们两人后来都成为了诗人。在离开深泉后的第 5 年，刚从布朗大学拿到了艺术学硕士的李栋现在正在为出版他的第一本英文诗集而忙碌着，而后者，那个低一级的学弟却在两年前，选择了在很年轻的时候结束了自己的生命。同样在 2011 年，李栋在深泉遇到的最好的一位老师也不幸病逝了。这让李栋怀念起深泉时光时，平添了些许伤感，也让这个正处在诗歌创作井喷期的年轻诗人，在离开沙漠后的 5 年时间里，只写过一首向深泉谷致敬的诗歌，诗歌的名字叫作《不设防的乡村》。

在黄昏时候抵达深泉是个很好的选择·

我们从洛杉矶国际机场连续行驶了 5 个小时，在海市蜃楼的公路，遒劲有力的约书亚树，似乎永远也走不完似的联合太平洋铁路公司的货运火车，山顶积雪尚未融化的惠特妮山和一张来自独立镇交警的超速罚单的陪伴下，终于在仲春 4 月的一天抵达了深泉学院。在黄昏时候抵达深泉是个很好的选择。此时是校园最放松的时刻。负责社会科学类课程讲课任务的乔·施洛瑟教授和学生比肩从我们的车边经过，在薄暮中，沿着牧场路向远方走去，他们将在深泉完全笼罩在暮光之中时返回。

我们的汽车在白杨和榆树的夹道相迎中驶向校园的核心，也就是中央大草坪。2012 级学生迈尔斯正在农田边捣鼓着自制的灌溉轮；学校的农场经理亚当则背着他一岁不到女儿蒙塔纳骑着自己改装的三轮自行车从田埂上飞掠而过。深泉的黄昏可以用狄金森小姐的诗句来描述："向晚的微光很早便开始，沉淀出一片寂静，不然便是消瘦的四野，将下午深深幽禁……"这位阿默斯特的修女和黑格尔都是历年来深受这所学校师生热爱的人物。

一位戴着棒球帽的温和老者不知从哪里走了出来，对摇下车窗的我们打着招呼："你们已经误了晚餐时间啦！"我握住了他温暖厚实的手，好像在漫长的路旅后，回到了世界另一头的祖父母家一样。后来才知道他是肯尼斯·卡德韦尔教授，也是这里的教务长。

晚餐在这里开始得早，18:00，五下响亮的钟声以后，大家齐聚在食堂，大多时候，从校长到机修工，从老师到学生们，以及教职员工的孩子们，都围坐在这里一起用餐，进食在这里也是一个社团事务，好像公社一般。事实上，这里的早餐和晚餐都是由学生在食堂经理帮助下自己完成的（现任食堂经理兼厨子唐纳退休前，是位在杜克大学出版社任学术期刊出版工作的知识分子），午餐因为考虑到学生上午需要上课，没有充足的时间，则由食堂经理负责准备。餐桌上，杯中饮用的牛奶是负责牛奶棚的学生一日两次从学校的两头奶牛身上挤来的（清晨 4:30 的那场挤奶还得分外小心，因为负责屠宰的学生可能会上演将死猪头挂在奶牛棚门口的恶作剧），他们还将多余的牛奶做成了乳酪和酸奶，面包和蛋糕也由学生自己烘焙，盘中的牛肉是几个月前，学生屠夫在维修经理帕德里克的帮助下宰杀并切割好的，蔬菜由负责菜园的学生提供，他们每天早晨都会将从田间刚摘下来的蔬菜送到厨房，鸡蛋则靠负责给马、羊、猪、鸡喂饲料的学生饲养员从学校的鸡窝里捡来。

事实上，劳动正是深泉理念的三大支柱之一，另外两个支柱是学术和自治。所以，当你打开深泉的招生简章时，你会看到学生们或在修拖拉机，或凌空向马圈投掷一捆饲料，或在挤牛奶的照片。这并不是说深泉是所农校，它是一所文理学院（Liberal Arts College），但每个入校的学生都会从由学生推选出来的人力专员那里获得不同的工种分配，每个岗位通常持续一到两个学期，然后再轮转。每个深泉学生在校的两年期间一般平均都会干过八九个不同的劳动岗位，从普遍认为最无聊的"办公室牛仔"到最令人肃然起敬的"山地牛仔"。前者只是在办公室里接接电话或者输入数据，而后者（通常是两个人）需在毕业后的那年夏天，在荒无人烟的山上，和牛群、马，以及工具棚里的《纽约客》度过孤独的 3 个月，其间唯一的访客就是从校区驱车一小时，接着爬山上来探望的同学们。夏季结束，山地牛仔的主要任务是为母牛们进行怀孕测试而做好一切准备工作。这也将是他们离开这个山谷，离开深泉前，所要完成的最后一项使命。

深泉学生准备上夜课

A HUNDRED WAYS TO WAKE UP

劳动是每个深泉学生的必修课

我眼前的 5 位学生都穿着一色的脏鞋子、破裤子·

我们饥肠辘辘地走进了已经错过晚餐时间的食堂,这是深泉 2012 学年第五学期的第六周。和我们同周抵达的,还有学校牧场里新出生的小羊羔和一头小母牛犊,以及将仲春夜间气温打压到 −1℃ 左右的沙漠寒流。此刻,正有 20% 左右的学生尚在食堂里围桌闲聊。不要以为我们瞬间被包围在了人海之中,因为深泉 2011 级和 2012 级全体学生总数只有 25 人,所以确切地说,此刻我们只置身于 5 个人的深泉小溪流中。

这所创建于 1917 年,坐落在加州高海拔沙漠的牧场和苜蓿草农场之中的学校的另类之处便在于小规模,全男生,全自治(包括课程设置、教授聘用和招收事宜都由学生投票决定),每个学生每周必须劳动 20 小时,力争使得学校能实现自给自足,学生在校期间实行"隔离"政策,不经允许不得擅自离开学校和接受外来亲友探访,也不欢迎不请自来的外来访客。

深泉严格禁酒禁毒品,也没有一般大学纵乐的派对,深泉即使有派对,也是劳动聚会,也就是人力专员组织学生进行突击劳动,比如清理蓄水池的底部啊,或者修缮校园的铁丝围栏等。深泉官网上的统计数据表明,在过去 10 年中,毕业生中有 16% 转去哈佛大学,13% 转去芝加哥大学,7% 转去耶鲁大学,7% 转去布朗大学。其他被深泉生青睐的后深泉时代的深造选择还有哥伦比亚大学、牛津大学、加州大学伯克利分校、康奈尔大学和斯坦福大学。而更神奇的是,这样一所所谓的"爬藤"学院(即帮助你顺利进入常春藤大学的学校)的学费、食宿费全免,这就相当于每个学生每年收到 5 万美元的奖学金。

此刻,我眼前的 5 位学生都穿着脏鞋子、破裤子,顶着凌乱的长发,戴着奇怪的帽子。他们看上去好像早期的西部拓荒者,辛劳地在牧场或者农田里忙碌了一天,而事实上也的确如此。来自多伦多的 2011 级学生丹尼尔戴着一顶破旧的、说是从学长那里继承来的牛仔帽,穿着脏得看不清本来颜色的衬衫,读着当天的《纽约时报》。我在心里暗暗嘟哝:"啊!那不就是《名利场》杂志当年报道这所学校时，所用的'牛仔学者'（Cowboy Scholar）这个标题的形象化呈现吗？"但我并没有将这种惊讶表现在脸上，据我所知，这里的学生们并不喜欢你给他们贴上那个所谓"牛仔学者"的标签，因为这未免有些装腔作势了。牛仔在这里，只是一个学生的劳动岗位而已，而不是什么形容词或者感叹号。丹尼尔这学期正担任着学生牛仔的任务。后天，学校的牧场将迎来一年中的盛事，牛仔们将在全体学生的帮助下，对百十来头小牛犊进行打烙印的活动，因而，明日对他来说，将是一个在马背上度过的漫长的一天，他将和牧场经理以及其他的帮手们一边将所有的牛从它们正在放牧的草场赶回到学校的牛圈里，这将是来回 26 公里的跋涉，特别是回来时须带着这些自说自话的牛群回来。这个活动有着一个颇为热血沸腾的名字：Cattle Drive（赶牲口）。

这 5 个人中，对我来说也不全是陌生人。2011 级学生里斯站起来和我拥抱。说实话，我完全没有意识到这个好像从林海雪原上逃下来的土匪样的人，就是我 4 个月前在哈瓦那遇见的清新派洛杉矶男生。他的头发如刺猬的刺般四下出击，一件油腻的军黄色夹克衫，脚上那双上了马刺的牛仔靴意味着今天他恐怕也是和马打了一天的交道。他的牛仔裤后袋里没有像一般大学生那样插着手机和钱包，而是一副结实的劳动手套。手机在这里只能当闹钟，因为此地并没有信号，钱包在这里也只是摆设，因为学校的隔离政策让你其实根本没有机会花钱。里斯向我解释说，这学期他的劳动职位是人力专员，意味着他负责学校的总务工作，总有这里或者那里要修缮的东西和一些临时的劳务需要他负责带人解决。我的摄影师卢珊被里斯的那双手深深吸引住了：黑漆漆的，指甲缝里都是黑泥，有两个手指关节处还被割破了，好在血已经凝固，让他的一双手的确具有某种弗拉芒静物画自然的张力。他正在用这双手吃着苹果蛋糕，这是学生厨师为大家精心准备的饭后甜点。

你很难想象他就是那个当年曾经在《少数派报告》的拍片现场，一张一张地将自己的课外绘画作业翻给前来探班的克林顿看的小男孩。这个在前总统膝盖上一坐就是不客气的半个小时的小男孩现在已经长大成人，变得如此富有阳刚之气。同学们这样描述他："当他没有带着同学在宿舍后挖壕沟时，你便能在宿舍前廊找到他，头上一顶报童帽，口中一根烟斗，手上一本《纽约客》。"这个最常用的口头语不是"exactly"（说的是）就是"excellent"（太棒了）的令人愉快的男孩来自加州圣塔莫尼卡的一个中产阶级艺术家庭，其父是好莱坞德高望重的电影工作者，斯皮尔伯格长年来的工作搭档，其母是个富有创意的平面艺术家。里斯毕业于洛杉矶私立高中怀德伍德天主中学，该校以"进步教育"见长，他的高中经历让他在近两年前初到深泉课堂，面对研讨会式的授课方式时并没有觉得不适。深泉的课程教育建立在大量的项目和独立研讨上，对于课业的评估，也并不仅限于最后的成果，而是看你在完成的过程中，是如何实现和周围人的互动。而他从小喜欢爬山、飞钓等户外活动也让他置身于深泉，就好像回到久违的少年乐土。

这个学校，让《卫报》等了 6 个月才获得进入采访的机会·

我知道这个沙漠精英男校纯属偶然。那得追溯到 2012 年的 12 月，我在古巴旅行时，一个脸上带着两片不多见的农村红的美国加州男孩引起了我的关注。当我们拜访哈瓦那近郊的一个有机农场时，他有很多关于农耕的问题请教农场主人。我好奇相询，才知道他所就学的地方，是一个自给自足的农场和牧场。于是我随意地向这个叫里斯的男生提出采访申请，他却郑重地说，一切采访申请都需通过学生 Communication Committee（深泉术语简称为 ComCom），即公关委员会的批准，再经 Student Body（深泉术语简称为 SB），即全体学生大会的批准。他转而一笑，恢复了他一贯的"明天太阳一定升起"的乐观劲儿，"幸运的是，我就是 ComCom 的成员啊。"但这个内线身份并没有省去我任何撰写详细采访计划、申请以及等待的步骤，两个月零一周后，我得到了里斯的答复，"The SB voted to approve your visit!"（全体学生投票批准了你的拜访。）想到英国的《卫报》

去年对该校的采访申请，可是等了 6 个月才获通过，我应将我的等待时间称为"神速"。

而这个关于采访要求的批准过程，就反映了深泉三大支柱之一——"自治"的运作。学生会中有四大主干委员会，和学校的日常运作息息相关，分别为 Applications Committee（简称 ApCom），即新生入学申请委员，负责下一届学生的挑选，将精心遴选后的申请者向全体学生推荐，再由学生投票决定录取；Communications Committee (ComCom) 主要负责这个隔绝的社区和外界的沟通和联系；Curriculum Committee (CurCom)，即课程委员会，负责招聘合适的老师，向全体学生做出老师留用或者解聘的推荐，在学期末汇总学生对于课程和老师的评估，帮助学生发展和评估独立学习的计划，观察学生的学术进程等；Review and Reinivitation Committee (RCom)，即评估及再邀请委员会，负责评估学生在劳动、学业和自治三方面的成绩，每年的第五学期，对每个学生进行采访，并综合整个社区对其评价和反馈来投票决定是否对该学生发出第二学年的邀请，也就是说并不是每个一年级的深泉生都会自动升级，这得取决于他们第一年的表现，因为能留在深泉这个社区，是一个集体给你的莫大的特权。所有的学生都在其中一个委员会中任职，每个委员会也会有一到两名教职员工担任必要的指导顾问工作。而这样的自治活动的高潮则体现在每周五晚上的例行全体学生大会上。

每逢周五的晚餐后，碗碟收拾完毕，学生会主席会将通知大家会议的召开地点。在寒冷的冬季，会议一般在食堂、主教学楼的大厅或者宿舍楼那个名叫"喧嚣"（Rumpus Room）的休息室里，而在那些温暖的夏日夜晚，会议地点就多了些神出鬼没的可能，学生们可能在山顶，可能在沙丘，可能在马厩，也可能在奶牛棚里讨论着各种议题，从是否给某个违规的学生警告处分，下学期开哪几门课程，聘请哪位教授，是否给这个申请者第二轮面试的机会，到下周整个一周大家在对话中都不得提到任何一部电影的名字，或者大家集体露营在外一周而且不得到宿舍入睡这样的社会行为试验。学生大会耗时从 3 小时到 10 小时不等，要让这些锋芒毕露、各自胸藏

学生餐馆

深泉学生织的毛衣

A HUNDRED WAYS TO WAKE UP

阁楼里的手工艺课

锦绣的学生达成一致是件不可能的使命，但这个过程也教会了他们一个民主决策过程中的益处和局限，学会了如何妥协相处，在有限的决策条件下做出利益最大化的选择，自己承担因为决策失误而造成的苦果。而痛苦的民主集中制决策后，小伙子们也总会想出一些缓冲的娱乐方式。Edutainment(教育式娱乐)是每次学生大会的尾声节目，其内容从文气的朗读、舞蹈到野性勃发的摔跤比赛或者障碍赛跑。而如果你在气温舒适的沙漠之夜的午夜时分，驾车巡游过加州 108 号高速公路，突然发现路边一溜平躺着十几个戴着头灯、正在仰望星空的小伙子，你并没有撞到沙漠游魂，这只是一个怪学校的学生们正在享受一场激烈的自治会议后的安详时分。

因为深泉每一年就会有一半学生换血，带来新鲜的面孔，不同的生活习惯、兴趣爱好或者思维定式，这也让学生会经常会做出一些推翻传统的决定，或者建立一些新的游戏规则，而这些规则一旦被延续了几年，就会成为新的深泉"传统"。比如学生会议会不断重新定义"隔离"政策，在百年前，这样的隔离可能意味着不和外界通信，几十年前可能是不和外界通电话，十几年前是不接触互联网，几年前是不准拥有 Facebook 账户。当我在电话里，告诉 2008 年毕业的深泉学生李栋，2013 年年初学生会已经一致通过在食堂里安装 Wi-Fi 时，他连声追问"真的吗？真的吗？"当年他在校期间，学生会对"隔离"政策的解读使得他们规定所有的在校学生都不得拥有 Facebook 账户，李栋可曾料想到，就在他毕业后的一年半时间里，学生们已经为学校创始人纳恩老先生创建了一个 Facebook 账户，这个已经去世 88 年的教育家每隔两三周就发上一帖，用某个类似上帝全知全能的俯视角度，将深泉正在发生的一切尽收眼底。

这是"纳恩先生"的典型一帖，周六快影：5 个学生正在湖边的牧场放牛；4 个学生在宿舍后院排练《恋马狂》（Equus，英国著名剧作家彼得·谢弗 20 世纪 70 年代的作品，讲述了一个青年与马匹之间情感、欲望、纠结的争议故事）；2 个学生正在干草堆边，焊着草仓的铁架；4 个学生在阅读室；各有 2 个学生在厨房和肉铺；1 个学生在弹着钢琴，其余的人不是在睡觉，就是在学习。纳恩先生大多时候都是用这样不疾不徐的调子娓娓叙述着学校发生事情，但偶尔，老爷子一时忘形，也会发发诸如"holy shit"（我的天啦）这样情绪略有起伏的评论。

公众演讲课上，学生们边听讲边在编织毛衣·

吃完了煮豆子和茄子的晚餐，我们被邀请参加晚上8点在主教学楼大厅里举行的一场表演。从食堂斜穿过中央大草坪，步行30米左右的路程，就是只有一层楼平房的简朴教学楼。其宽阔的前廊装着秋千椅、安乐摇椅，四窜着两条大黑狗。打开门，就是这个目的地大厅，地上见缝插针地铺着好几块形状、花色不一的地毯，角落里安放着三角钢琴、低音大提琴，墙上挂着学生的黑白摄影习作、印第安风情的挂毯和西部风情的油画作品和手工制品，大厅壁炉的前方安放着象征发言权的木质讲台。这里让人想起古希腊五百人会议在雅典集中议事的大会堂，也像典型的内省青少年活动中心，或者一个美国西南边陲城市的周末市集。

每个周二晚上，深泉的学生饭后也在此进行公众演讲，每个学生在告别这个山谷前，要向社区发表15次左右的演讲，公众演讲和写作课是这里的学生必须修习的两门课。而这通常也是学生们赶紧把编织了一半的绒线帽子或者毛衣完成的时间。是的，不少深泉的男生都会织毛衣，每周四晚上是深泉的手工时间。农场经理亚当和他的太太吉尔，两位编织大师不是在教学生编织的入门，就是在帮助他们完成更有难度的花色编织。鉴于学校提倡自给自足，编织毛衣也被视作一种不依赖外界的自我生存手段，更何况学校养着不少绵羊，大家还在尝试自己将剪下的羊毛制成毛线。我曾告诉学生菲利普，边织毛衣边开会在以前中国的单位里是被禁止的，这被视作"开小差"或者思想不集中，他不以为然地耸耸肩，"得出这样结论的人肯定从来没有织过毛衣。"

今天的表演其实是6个学生在学习了由人文科学主任詹妮弗·拉

普教授的一个名叫 Being a Body（作为身体）的课后所做的最后项目——通过表演的形式展示他们学习这门课的收获。表演在漆黑一片中开场，你先听到抑扬顿挫的鼓声，然后是悠扬的琴声，紧随着是燃香的味道，并夹杂着渐渐强劲起来的风声，和隐约由此而起的寒意。接着灯光亮起，6 个学生陆续登场，用无场次小品，一人分饰多角的形式展现了人身的物理感知和更深层的关于饥饿、痛苦、疾病、残疾、美貌、性、性别、种族、冒犯、权衡和感性等的种种具象体验。一个小时的表演进行到一半，舞台上的学生一度鼓动其他同学和他们一起飞奔到了室外的大草坪上，就着沙漠夜空特别明亮的星星，玩起了捉人的游戏。对于我们这些旁观者来说，也许"Being a Body"依然是个相当抽象的概念，但此刻眼前那些汗水芬芳的年轻人却让你对"Being Student Body"（作为学生的身体）有了某种感性的认识。此刻我抵达校园只不过两个多小时，可是却感觉和深泉牧场路另一头的那个外面的世界已经相隔很长一段日子了。

晚上 11:00，你还可以敲响老师的门·

　　校园中央大草坪夜晚的上空是悄无声息的，如果你不计较那些分外明亮的星星和夜空交会时，所发出的极其细微的摩擦声的话。对深泉学生最有影响力的哲学家之一康德曾说过，"有两样东西，人们越是经常持久对之凝神思索，它们就越是使内心充满常新而日增的惊奇和敬畏：我头上的星空和我心中的道德律。"如果你必须持久凝视某个星空的话，此刻，就在这里，是一个合适的所在。

　　大草坪的北面是主教学楼，东面散布着供教授、校长和教务长期居住的平房，西面则为食堂和学生宿舍。在主教学楼和食堂间还有栋供短期来访教授使用的宿舍楼。深泉的小规模和社区生活的模式使得老师和学生的关系非常亲近，从学生宿舍或教学楼步行到老师宿舍只需一分钟。老师们经常会邀请学生到自己宿舍用餐、聊天或者上课，他们既授学术之业，也解生活之惑，因为大家生活在这样一个紧密的空间之内，有时的确很难区分开你是在上课，还只是在闲谈。学生们的学术兴趣往往就是在这样的一对一的对话中油然而生，师生间最终产生长久的友谊。李栋记得当时每隔三天，自己就会被邀请到拉丁语老师家里，在老师面前朗诵西塞罗的作品，练习拉丁语的发音。他说："晚上 11:00，你还可以敲响老师的门。"深泉的规则是只要老师宿舍前廊的灯亮着，那就意味着一种邀请。你可以敲门请入，哪怕是校长的家门。而那些前廊的灯往往会一直亮到深夜。

这盏灯同样也具有某种隐喻作用，至少它现在依然照亮着诗人李栋的创作道路。我在李栋即将离开罗德岛，开始他后布朗大学的生活时，从校长那里得到了他的联系方式，在他两个月的亚欧之旅前及时地逮到了他。

李栋在深泉遇到了两位令他终生难忘的老师，他们在很大程度上对他走上英语诗歌创作的道路起了决定性作用。第一位老师仅仅教了他两周半。那是深泉的暑期班，老师名叫约翰·沙尔，是政治理论家，也是深泉讲台后的常客。这位伯克利 20 世纪 60 年代自由言论运动的领军人给深泉学生们上的是关于民主、社区和权威的课，这是深泉给刚入学的学生开设的、熟悉深泉生态机制的入门课，犹如是如何和深泉相处的《使用手册》。李栋当时刚从北京语言文化大学学习了两年，转到这个和中国传统大学简直堪称天壤之别的学校，他在经过最初的文化震惊后，开始沉浸在沙尔教授苏格拉底式的带教学生的方法之中。这个方法就是和你对话，和你充分地对话。李栋试图向我形象化地解释他当时的感受："就是用老爷爷般的语言来讲解艰深的政治理论。"虽然教授对这些内容已经烂熟于胸，可是每次上课前，他依然会提早三四小时到图书馆再过一遍要上的内容，和经常在图书馆里过夜的李栋撞个正着。"他的讲座就像一首诗，虽然他不是诗人。"李栋从教授身上感受到的不只是学术精神，更是一种鼓舞人心的人文情怀。李栋喜欢在自己的诗歌中添加种种历史和政治意向，他将这些深厚的人文基础归功于深泉的塑造。

另一位老师则是年轻的女教授凯蒂·彼得森，和沙尔教授相反，

A HUNDRED WAYS TO WAKE UP

学生宿舍的后门

里斯在他的学生宿舍

她在职业生涯的开端时选择了深泉。这位哈佛博士生当时教授的是诗歌评论课，彼得森教授鼓励李栋来听课。李栋说自己连诗歌都不会写，遑论评论？老师说没有关系，你不妨先来旁听。接下去顺理成章发生的一切，已经成为历史。他和老师至今保持着密切的学术联系和私人情谊。而凯蒂·彼得森的名字依然时不时地出现在后来的深泉短期来访教授名单上，尽管她已经在塔夫茨大学找到了全职教授工作，她依然会利用暑假等时间回深泉教一些短期课程。深泉对于李栋和他的恩师们来说，就好像巴黎之于海明威。海明威如此回忆在巴黎居住过的一段美好时光："假如你有幸年轻时在巴黎生活过，那么你此后一生中不论去到哪里，她都与你同在，因为巴黎是一个流动的盛宴。"对于不少深泉人来说，在这句话中，你只需把巴黎换成深泉即可。

在深泉教书的都是怎样的老师们·

深泉通常有三个常驻教职，分别负责教授与人文、社会科学和科学学科相关的课程，每年从 9 月的第二学期教到次年 4 月的第五学期。5 月~6 月的第六学期和 7 月~8 月的第一学期（也就是暑期班）通常由来访教授授课。而学校的校长、教务长、农场经理甚至维修经理等，在日常学校事务性工作外，每人也都兼做一些教学工作。鉴于深泉地理和教学环境的特殊性，会到深泉来常驻教课的老师，通常是在他们教学生涯的起点或者尾声，才会有勇气选择这条非常规的教学道路，因为深泉毕竟不提供"终身教职"，虽然也提供食宿、医疗保险，但薪酬并不高，且需耐得住孤独和寂寞。可是它对年轻教师的吸引力在于，你在此处所教的内容不受限制，你可以根据学生的兴趣发展一些新课程，教那些你和学生共同感兴趣的内容。拉普教授觉得过瘾的是，虽然这里的学生每两年换一批全新的，原则上她每两年可以重复课程，可是她在这里的 4 年时间，还没有重复教过任何一门课。

　　今年已经是拉普教授在深泉担任人文学科主教的第 4 个年头了。这个乍一看更像瑜伽教练，或者所谓"New Age Life Coach"（新时代生活教练）的骨感女子来到深泉也是偶然。2009 年，这位专攻宗教研究的年轻博士结束了在斯坦福 3 年的博士后学术教研工作，她对深泉听闻很久，对其教学模式亦感兴趣，她随意到深泉主页上一看，正好有一个一学期来访教职的职位，当时离申请的最后期限只有两天了，她迅速将所有申请资料准备好，点击"发送"键。接下去的一切就好像"雪球效应"，本来只是教一门两个月不到的课，结果变成了全职，接着又多待了几年，就这样变成了一个越滚越大的承诺。在过去 4 年那种打开宿舍的窗就能看到自己的学生在晃悠的深泉生活中，她带领学生敲响了从柏拉图到庄子的思想书房，探索托尔斯泰和卡夫卡的心灵后院，和学生们一起谈论感觉、激情和这个世界的存在，就着灯笼发出的微光朗读弗兰克·比达尔的诗歌——《黑夜的第三个小时》。对于喜欢爬山、攀岩、旅行和习惯另类生活方式的拉普教授来说，适应深泉独特生活方式并非难事，可是当她刚来此地时，曾和一位教心理学的老师在月圆之夜一起去校外露营，回校时已是清晨 6:00 左右，结果正好遇到有一学生在杀羊，一只羊头正高高地挂在屠宰架上，和尚未完全落山的淡淡满月交相辉映着。拉普教授现在对这样的情景已经习以为常，但当时还是被那种"美和错乱同存"的画面惊到了。

在校园里转一圈，发现这里的学生喜欢到处睡·

　　学校公关委员会委员菲利普抽空陪我们到校园走了一圈。我问菲利普，他身上的那件有着黄色卡通狗花色的绿毛衣是不是他自己织的。这个来自芝加哥的俄罗斯移民后代连说不是，并给我指点迷津说，亚当夫妇身上的毛衣，多半是他们自己编织的，他的这件是从 Bonepile 里捡的。

　　Bonepile 也就是所谓的"骨头堆"，坐落在学校洗衣房旁，它的

雅称则是"深泉学生的公共衣橱"。每届学生离开时，难免会留些
衣物，所以它已经小有规模。虽然每年新生都会被赋予一个挑战——
不带任何行李来报到，因为理论上，你能在"骨头堆"里找到任何
你所需要的日常生活用品。截至目前，尚没有学生敢于接受这个挑战，
但这并不影响他们时不时到那里挑些另类别致的衣服，给沉闷的沙
漠背景增添一点亮色。

　　我们参观了图书馆、深泉博物馆（更像一个早已无力收拾房间，
却极爱收集的百岁老人的大起居室）、摇摇欲坠的位于地下的健身房、
科学实验室、暗房、音乐房、自行车修理间、木工和金工车间、马厩、
牛奶棚、猪圈、鸡窝，菲利普没有带我们去看那个听说往往有一张
布满血迹的、正要制革的羊皮，或者还有处理到一半、堆成小山一
样的培根的肉铺，让我稍有意犹未尽之感。

　　在走过的室内公共空间，我们时不时会在地上或者沙发上发现
床单之类的寝具。因为这里的学生喜欢到处睡，虽然寝室也只不过
两三人分享一间，但不少学生往往就在他们复习功课或者干活的地
方席地而眠，有时他们甚至就睡在中央大草坪上。其间给我留下最
深印象的还有学生食堂的厕所：应该放手纸的卷筒上空空如也，上
面倒是端立着一本亚里士多德的《尼各马可伦理学》；主教学楼的
厕所里，一本英语字典正翻到尼采这一单词所在的页码，上面还水
迹斑斑的；厨房里，《黑格尔论悲剧》的讲义正压着学生厨师打印
出来的"晨辉松糕"的菜谱；学生的餐桌上，倒扣着一本读到一半
的托尔斯泰的《伊凡·伊里奇之死及其他故事》。

香港小伙子卢卡斯的典型深泉一日·

　　这是来自中国香港的小伙子，19 岁的卢卡斯在深泉第一学年第
五学期时的一日作息表：
　　4:00：起床，接收电邮，做当天计划
　　4:30：学习 3 个小时

7:30：喂养本学期负责的猪、马、鸡等动物

8:00：上课

9:30：第二轮动物喂食

10:00~12:00：行使本学期自治岗位：新生入学申请委员会委员的职责，为委员会工作，或者写论文，如有劳动项目就做劳动项目，比如，当时得为下周会来到深泉的50只小鸡做准备工作。

12:00：跑步或者上健身房运动

12:30：午餐

13:00~14:30：去暗房冲洗照片或者外出拍照（因为这学期选修了黑白摄影课）

14:30~16:30：如果没有学业或者劳动项目就睡午觉

17:30：第三轮动物喂食

18:00：晚餐

19:00：弹钢琴，现在还和学校一个叫劳拉的女员工练习探戈

20:00：通常学校会有集体活动，从公众演讲到学生会开会等，如果没有，就自己学习

22：00：睡觉

卢卡斯对我们而言也并非陌生人。在《卫报》那篇深泉报道中，我们知道他是一个"正在唱舒伯特抒情曲的卢卡斯"。所以我们印象中的卢卡斯和眼前这个穿着破了两个大洞的牛仔裤，同样也有不少洞眼并拈着稻草的黄色毛衣，正提着两桶泔水大步流星从学生食堂出来的卢卡斯很不相同。我们这次遇到的卢卡斯是正准备去喂猪的卢卡斯（不过他依然热爱唱歌剧）。

卢卡斯驾驶着一辆仪表盘上什么都没有，只搁着一个老式大闹钟的破皮卡，我跳上了他的副驾驶座。在他的建议下，我们开始用普通话聊天，他用英语思维，但他不想错过这个锻炼国语的机会。卢卡斯对于语言有种与生俱来的热爱。如果深泉有什么让他觉得有些遗憾的，就是其语言课程不强，他也不得不中断自己的歌剧系统训练。我们来到猪圈，我试着扛起一桶泔水，却实在无力将其尽数泼到那头老公猪的食盆里。卢卡斯接过了那桶泔水，奋力将双臂送了出去，

卢卡斯开着破烂的皮卡去喂猪

我住在学生宿舍楼里的客房

A HUNDRED WAYS TO WAKE UP

卢卡斯正在喂猪
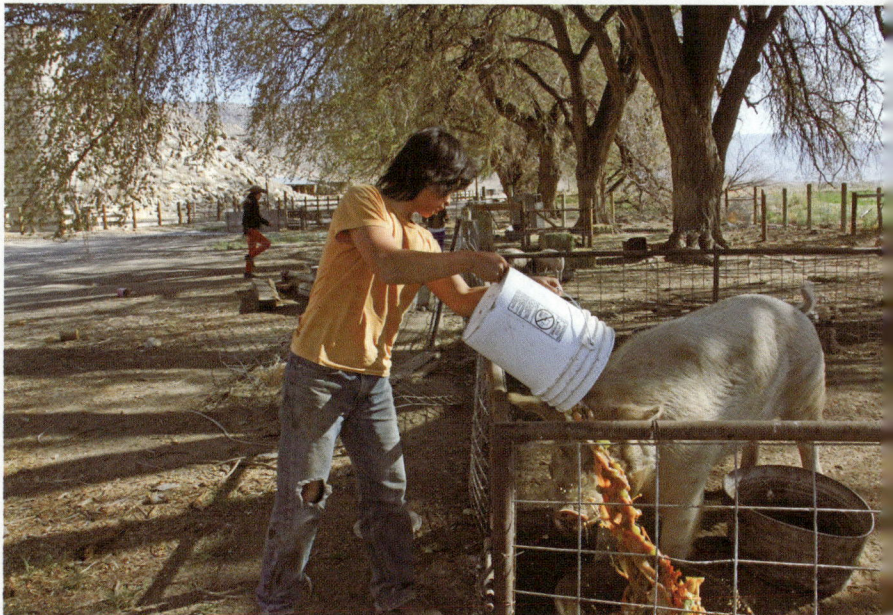

只见泔水呈现出一条黄金色的弧线，在斜射的夕阳下，灼灼发光地射向目的地。这是他每天要重复三次的动作，他已经相当得心应手。他咧开嘴，孩子般地笑起来。我对他的采访就是在和他一起搬饲料喂牛马，在厨房地下室洗鸡蛋和吃晚餐中完成的。

　　从 2012 年 7 月到现在，一年不到的时间，在这个来自经济宽裕的香港中产知识分子家庭、念国际学校的城市男孩身上已经发生了相当大的变化。头发从光头到现在的披肩发；他的亚热带海洋性身体已经完全适应了高海拔沙漠气候，不再像刚来那会儿经常流鼻血，或觉得头昏脑涨；喜欢哲学的他来深泉之前，可以随口说出好几个哲学家偶像，现在却反而一个都说不上来了；他也开始明白自己在这两年会遇到什么挑战，那就是你很难逃避自己的问题和想法。在香港，你尽可以通过电视或者买东西吃等渠道来逃避问题，在这里，你只能独自面对和处理，无处逃避。以前和香港的朋友们聊天，他并没有觉得他们会打动他，现在和这些同学们相处，他时刻会发现大家不停地打动他。求知和社交的过程如此螺旋交合，每个人又都这样地充满动力。他感觉这种相处好像是在跳舞。对了，我有提起他去年是拒了牛津大学的录取来到这里的吗？

　　一般人大多通过亲朋好友或者师长的介绍知道这所学校，而卢卡斯是我知道的学生中，唯一通过互联网偶然发现这所学校的。他在香港的一所国际中学毕业时，就决定以后不想上一所普通的大学，所以他在谷歌搜索引擎里输入了命运性的 "alternative college"（另类大学）这样的关键词，他就这样和深泉相遇了。当初他同时获得了深泉和牛津两所学校的实地面试。两所学校的面试是如此不同，牛津由老师发问所有和学术有关的问题，他们似乎对他个人观点并不怎么感兴趣，也没有什么所谓的 small talk（闲聊）。而深泉的面试像是聊天，你接受新生申请委员会的同学们的提问，也有老师在场，但显然学生是主角，他们总是问你对这件事或者那件事的个人看法，关注你的想法和意见，也对你的个人爱好表达出浓厚兴趣，特别想听听你对"服务"和"奉献"的理解。于是，他选择了深泉。

第一位来自中国大陆的"深泉哥"李栋的电话面试·

李栋对美国另类学院的向往来自他和一些美国教授和学生的交流，深泉最终跃入他的视野是在阅读深泉前校长杰克森·纽厄尔写的一本关于研究美国另类教育的书时，书里列举了七八所美国的大学，特别是文理学院，其中对深泉的描述令他眼前一亮，他发现这个沙漠中的学校很特别，李栋如此描述当时自己对这个一小群年轻人在沙漠中，在劳动、自治和学习中成长的学校的第一感觉——"很感动"。

李栋至今记得 2005 年冬天，他在苏州的家中，接到深泉学生打来的面试电话的时候，因为这真是一个特别深泉的时刻。当时深泉那里正在刮大风，结果电话打到一半，劲风终于把深泉的通信系统吹垮了。面试电话戛然而止。直到 12 个小时后，新生申请委员会的学生才再次打来电话继续面试。以至于李妈妈担心地问儿子："这样的学校能去吗？"

李栋去了，尽管他既没有学校要求的 SAT 成绩（他向学校说明自己家庭困难，当时不可能去香港考 SAT，学校免去了他的 SAT 成绩），也没有旅费前往深泉参加第二轮的实地面试，深泉还是被他在论文中展示的智识所打动了，也许这也是深泉开始走向多元化的开始（在他之前，深泉开始有了一名来自尼日利亚的学生），他拿到了深泉的录取通知书，带着靠一家小小的杂货铺谋生的父母所能给予的 1000 美元上路了。后来因为种种善缘，这 1000 美元在深泉压根儿也都没用到。李栋记得当时他刚去学校报到，知道买书一下子就得花掉 400 美元时，愣住了。通知他付费的学生很是善解人意，从他的表情就知道了他有难言之隐，和校长说明了情况后，学校不但为他提供书杂费，而且每年放假还出旅费，让他跟着其他同学回家，住在不同的美国同学的家里。所以在深泉的两年，也是李栋有机会广泛游历美国、了解美国社会和民风人情的两年。那个当年教他怎么使用洗衣机（李栋家当时还未拥有过洗衣机，所以他也从未用过洗衣机）的校长的儿子当时只有 10 岁，现在也已经是芝加哥大学的学生了，这些深泉生活带给他的启蒙和学术上的同样重要，最终成为了今天的李栋的一部分。

我幸运地遇上了一年一度的打烙印活动·

我的此次深泉之行在时间的安排上真是巧，竟然还撞上了学校也是牧场每年一度的盛事——Branding（打烙印）。所谓的牧场烙印，也就是给小牛犊烙印的工作，烙印的目的是方便各牧场辨别自己的牛只。因此深泉牧场百来头一岁不到的小牛们的下腹，靠近后腿处，将会烙上倒置的字母"T"。烙印还不止于此，还包括在耳朵上割下一小块肉（也以利将来辨识用），打预防针，牧场除保留一些小公牛交配用外，还要对其他小公牛实施阉割。烙印活动在深泉是牧事活动，但你也可以说是一堂团队建设课，或是一场展现兄弟友谊，同伴情长的联欢。这也是 2011 级学生毕业前，除了毕业典礼以外，最后一次涉及全体学生的大型集体活动了。

学生们显然已经暂时把前一夜辩论和投票时的激动紧张和据理力争放在了脑后，此刻，他们需要的是通力合作，在丹尼尔和艾萨克以及其他专业牛仔用绳索套住了小牛的两条后腿时，只见坦纳瞅准时机，猫腰虎跳而上，用那种决定性毫不迟疑地一只手瞬间抓住其尾巴，借助上身之力将小牛推倒后，双腿压住一条前腿，双手稳而准地锁定另一条前腿。接着就是一众学生在学校维修经理帕德里克的指挥下，极其默契地轮番上阵："卢卡斯，打针……巴赫，上烙印……艾萨克，干得好……里斯，割耳朵……坦纳，小心……杰克森，该你了……"一般阉割这活儿都由帕德里克来干，但来自科罗拉多的杰克森，一个说起话来声音柔美、热爱作诗写歌的男生主动请缨，要尝试一下这个活计。

在尘土飞扬中，这些狂躁的动物制造了千变万化的环境，看这些年轻人如何在高度自律的前提下，听从指挥，果敢反应，磨炼耐心，如同在战场上一般互相掩护和看护对方，用勇气和决断力来共同完成一个使命，就好像观赏在自然节律的指挥下，跳的那一支青春万岁的圆舞曲，那些热血和友情的存在，就好像流沙正一泻千里地在舞池里飞转。下午 2:00，给小牛烙印的活动结束了，杰克森换上了干净的衬衣和人字拖，约翰依然是同一身衣服，牛仔裤腿上血迹斑斑。但他们都洗干净了手，此刻，正沐浴在周六下午的和煦春光下，在宿舍门前的木凳子上，用那双刚刚还在挤着小牛睾丸的手，弹起了抒情的吉他。

在公路边的荒漠制高点上，毕业典礼进行中·

如果凑巧在 6 月底的某一天，不管是深泉谷附近的居民还是借道而过的旅者，都有可能在某个荒漠制高点，遇见一群 20 岁出头的年轻人间夹杂着一些年长的人，有三四十个人，坐在路边空地的折叠椅上，听着一位站在讲台后的人在公路边演讲。如果你真的遇上了，恭喜你，你是撞见了此地的年度盛事——深泉学院的毕业典礼。毕业生和教职员工在一起度过了 12 个学期，2 次小牛烙印活动，经历了 2 次深泉冬雪和忙碌的春耕，2 次被同伴用消防龙头喷射全身的生日致意，三四次夏日月圆之夜在山谷沙丘的裸滑，80 次左右的全体学生会议，也就是大致两年的时间，终于迎来了毕业。和一般学校的毕业典礼不同，深泉的毕业典礼并不邀请家长，因为学生需要这样的私密空间来和他们相处两年的同学和山谷告别。他们认为邀请客人参加毕业典礼，难免会因为安排客人们的食宿或照顾他们的情绪而分心。

而在毕业典礼上致辞的也并非一般学院会费尽心思请来的社会贤达或知名校友。烙印活动的前夜，当我和学生员工们共进露天晚餐时，由 2012 级学生组成的毕业委员会成员杰克森问起帕德里克，学校负责维修事宜的校工，有无兴趣为大家致毕业词。穿着后背上印着一个 "mean"（刻薄吝啬）单词、戴着扬基棒球帽、双颊因赶

A HUNDRED WAYS TO WAKE UP

学生牛仔黄昏时将牛归圈

年度盛事给牛打烙印活动

了一天牛而红通通的帕德里克说，给他两三周，让他考虑一下。他在这里既做维修也是牛仔，还给学生上公共演讲课。他的妻子谢尔比大腹便便，他们的第三个孩子不久就要诞生了，尽管最近的医院所在的主教镇距离此地有一小时左右的车程，谢尔比并不怎么担心，她说帕德里克可是接生过很多动物的。这一家人是在 3 年前从纽约的韦斯特切斯特县搬迁来的，或者毋宁说，这是场回归，因为帕德里克自己也是一个深泉人，1999 级的。而就在次日，当我看到了帕德里克是如何用他如洪钟般的简洁之声和具有感染力的大笑，以强大的气场指挥着学弟们为小牛烙印，我便不用再追问杰克森为何会选一个校工来致毕业词。

就在我要完成这篇深泉报道的写作时，我获悉里斯——这个在校期间一共杀了 16 头羊、4 头牛、6 头猪、腌制 120 磅培根、烟熏 200 磅火腿、鞣制 10 张羊皮、左食指上半截被菜刀砍到 11 次、右食指被锯子割到 3 次的学生获得了耶鲁大学的录取通知书，他将在耶鲁待上两年，专攻政治科学和经济，希望将来能成为一名外交官。是一名曾是外交官的来访教授在深泉的课，激发了他的职业理想。

里斯的母亲在 6 月中给我发来这样一个调子底色略为伤感的欢快消息："里斯结束了他的深泉旅程，他 6 月 30 日回家，将带回他全班十个左右的同学到我们家举办派对。在和他们打完招呼后，我会识趣地避开，将夜晚留给他们。说实话，谁会希望在这样的狂欢、青春和情感之下，有个 59 岁的母亲在一旁晃来晃去的呢……我将在他们出发前往他们的新生活时回来，亲吻、拥抱他们每一个，然后，大哭一场。"

而这些在里斯家里彻夜狂欢后的 2011 级深泉学生，次日将会读到依然留在深泉的学弟约翰在 Facebook 上留给这些共同抽过烟的学长们俏皮又惆怅的话语：

"我去到你们的房间，想看看你们是否想要抽根烟。我向上帝发誓，你们走了大约有 3 个小时了。我坐在前廊，开始沉思起那些我们再也不能在一起做的事：在屋顶上抽烟，在宿舍后头抽烟，在'喧嚣'休息室里抽烟，在皮卡后车板上抽烟，在这里——前廊抽烟……

我们再也不会很早很早地在厨房里做培根煎蛋了。前方有伟业等待着我们，可是身边那些东西却再也遍寻不着。为什么这个良好的转变来得如此之慢？我在护牛栏前，像个孩子般地哭了起来。我想念你们，兄弟们。"

TIPS

深泉学院网址：www.deepsprings.edu
学校采取封闭式教学环境，若非获得学校准许，不欢迎外人参观，因此非请勿入。
对该校感兴趣的学生，可以参考如下官网了解如何申请入学。每年夏季入学的新生的申请截止期限为前一年的 11 月 7 日：
www.deepsprings.edu/admissions/how-to-apply

南加州沙漠里的
两张怪床和一堆怪人

DESERT DREAM HOUSES

国家 美国
城市 约书亚树
住宿 约书亚树的沙漠小木屋和睡莢
特色 美国西部高原沙漠中的奇特建筑，和避世隐
士的风土人情

从北加州圣何塞晴朗的清晨 8:00 出发，一天
10 小时的路程，在漆黑中进入南加州的约书亚
树——一个位于海拔 1500 米的莫哈维沙漠里的美
国西部小镇。我们的目的地是这里的一座小木屋，
那是一个邮差也不来按门铃的地方。我们没有按
照我们的 Airbnb 房东事先所关照的，最好在天黑
前抵达。Sunfair 这条嵌入沙漠的马路渐渐地失去
了柏油路的耐心，我那辆 15 岁的牧马人吉普车
就在黑咕隆咚中颠簸着进入沙土路，路两旁的沙
丘比车还高，我们好像在沙漠风暴行动的战壕里
前进，前往营救人质。但我很快就发现，其实，
我们就是人质，这温柔良夜的人质。

A HUNDRED WAYS TO WAKE UP

给房东写感谢明信片是我的习惯（谢玮玮／摄）

沙漠木屋的男女主人杰依和斯蒂芬妮

放逐到沙漠的人在重生·

　　我们的房东杰依也住在沙漠这片叫作惊奇谷的地域里，他和斯蒂芬妮自住的木屋就在不远之处。他一直在自家木屋等待我们的到来，从他的窗口很难错过我们汽车经过时的灯影，因为这里并不常有交通往来。杰依是个须发浓密、声音慢条斯理而温柔的人。5年前，这个债务累累的城市人决定到沙漠来试试自己的运气，他遇到了斯蒂芬妮，一个拥有哈佛硕士学位的设计师和建筑师，斯蒂芬妮还曾是央视大楼设计者、建筑大师库哈斯的学徒。沙漠和斯蒂芬妮改变了杰依的生活，从面貌、外观、声音到性情，杰依少年时的美国郊区气息和成年前期的城市气息已渐渐隐去，现在他正在学习如何在乡村的沙漠生活，因此，他把自己的博客谦逊地命名为：Learning to Live（学习生存），和大家分享诸如如何用一根高尔夫球棍和一个枕头套子活捉响尾蛇，乌龟爬上家里的门廊该怎么办，去买点牛肉什么的遇上牧场主人让你帮忙一起来杀那头牛你该怎么做，等等。而就在管理3个度假小木屋和8万余平方米果园的闲暇时间，杰依还在自家车库不定期地编辑和出版反映地下艺术和文化现象的杂志《Arthur Magazine》，试图"探索飘忽不定的意识的根源"，借此，他可以依然和过往那个城市的自己保持时断时续的联系。

　　我们入住时主要的时间花在了解那个露天的厕所和浴室怎么用。斯蒂芬妮在木屋外七八米开外的地方，设计了一个露天的、木头金字塔形状的卫浴场所。马桶不是抽水的，使用后，你要用勺子舀起旁边桶里盛放的可降解的木屑来覆盖你的大小便，有点像猫。杰依关照说，那个木桶一满就告诉他，他会拿走。而这些排泄物将储存一年，经过有氧发酵腐熟，微生物分解而变成有机肥料，然后他要用它们来种树，种自家的果树。"又是一个学习生存！"我暗想。然后我问杰依，那你们自己住的屋子呢，你们自己住的屋子里有抽水马桶吗？他好像真心有些心痛地说："不幸的是，我们那屋子有抽水马桶，我希望我们也没有啊。我们20英亩的果园靠这些自然堆肥来施肥呢！"

临告别前，杰依又为我们指了指日出方向和日落方向，"有事打电话给我们，不过我们 9:30 睡觉哦。门可以锁可以不锁，我们无所谓。"他轻轻地合拢了木门，将 2 万平方米的沙漠留给了我们，还有那些可能被近日的沙漠雨水而逼到露台上的乌龟。幸好那些沙漠常见的爬行类动物，比如蛇、蜥蜴尚且在漫长的冬眠之中。

梦境貌似很远；其实也可以很近。

莫哈维沙漠的昼与夜·

清晨还在睡梦中，突然我被旅伴乔安娜的惊叫声唤醒："红光！都是红光！"她语无伦次地说。我赶紧启动睁眼模式。的确，我们面前的每扇窗外，都是粉黛色的；而当回转头后，我们又齐声惊呼起来，因为那两扇东窗则完全是粉橘色！我们迅速扑到窗口，拉开百叶窗，窄窄的窗子此刻就好像一块魔术画板。凝视着窗外，乔安娜再次惊叫起来："兔子！一只兔子！"一头灰色的、耳朵竖得高高的兔子在我们的窗前迟疑了一下，迅速向灌木丛间飞跑而去。

我们连忙穿衣出门。站在一个小小的制高沙岗上，把眼前的全景以 45 度为一个分割单位，小心地将视线一个单位一个单位地平移，在第四个 45 度，也就是 180 度时，我们再次为眼前那自然的晨光和木屋颜色的水乳交融惊呼起来。对了，木屋的那个苹果绿，是它在 1955 年建造时油漆的，自此以后，没有再重新刷过，它和周围的动植物一样，在有尊严地老去。

清晨 7:15 后，早晨的黄金时光倏忽过去。我们回房煮了咖啡，并在门廊上支起了吊床。我们没有舍得打开音乐，因为此时沙漠中各种动物正在卖力地演奏自然的交响。在天光之下，我现在才看到了这个沙漠农夫小屋内部装饰的苦心，并隐约见到了美国极简主义艺术家唐纳德·贾德和 20 世纪四五十年代来到这里垦荒的农夫在亲切地握手——斯蒂芬妮避免了使用那些俗套的西部式样家具，她更多摆放了唐纳德·贾德式的极简风格，又带着乡村粗粝意味的农舍家具。

房间里极少堆积，清洁而质朴，甚至有空荡的感觉，如果昨天夜晚抵达时尚且有些孤寂和荒凉感的话，此刻，大面窗户已经把户外的自然景观引到了居室，那种宽阔的场景让孤寂和荒凉变成了温柔的壮阔。所以斯蒂芬妮在白墙上没有挂任何画，因为，门外就是自然。

这个木屋曾是斯蒂芬妮建在沙漠中的设计实验室，名叫Ecoshack，其设计项目都和生态人文环境有关，从生态村、养蜂人小屋到印第安人帐篷城，斯蒂芬妮设计的游牧人蒙古包曾经获得过美国最权威的设计博物馆库珀休伊特国家设计博物馆的人民设计奖提名。

深夜10:00，我把三脚架支在沙子里。村镇灯光就在不远的天际，是沙漠的金边。我装好相机，享受遥控器下长曝光的呼吸：咔是呼，嗒是吸，当中徐徐而出的气息是相机身体上那盏表示快门在运作的一点红光。深夜蹲在旷野里，非常安静。有人曾在这里的沙漠中看到山狮，对望了片刻，山狮倏地反方向逃走了。你手里的遥控快门就好像是你的猎枪一样，而你好像猎手般若干秒钟或分钟后去检验成果，看你设置的捕兽陷阱有没有逮到猎物。有时也打偏了，重新瞄准再来。如果你愿意，可以举着一个电筒或者把手机的电筒打开，大力地写下你心中的单词，长曝光会在黑暗中默默记下并长久地保留你的讯息，因为要写得大而迅速，手臂这样挥舞，会让一个人在旷暗中的拍摄保持体表和内心的温暖。有一次我把相机放在沙漠深处离开小木屋蛮远的地方，用B门让它尽情在荒野曝光，结果再回去的时候，差一点找不到相机搁哪里了！所有的地方在暗处看上去都是一样的。所以，要有光。

莫哈维沙漠的昼与夜就是这样，天光一点点沉稳地亮起来，然后紫色的朝气一点点弥散，可是暮色仿佛紧接着就跟随而来了。它们风驰电掣交接的瞬间，在沙漠隐约能够用肉眼觉察到。但是，你得及时醒来。

沙漠木屋的夜晚

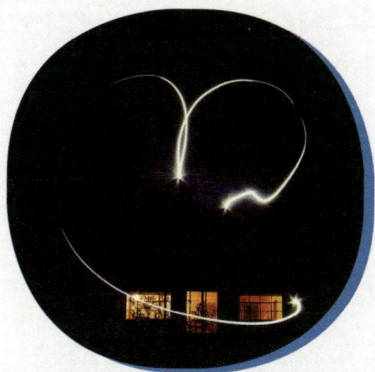
长曝光记录下夜晚的心情

A HUNDRED WAYS TO WAKE UP

沙漠小屋的清晨，是避世的小桃源

沙漠里的泥睡荚好像在风中送飞吻的黄鸭子·

我们在沙漠中住的第二个地方离约书亚树国家公园不远，确切说，大概是 10 分钟车程。在前往那里的路上，路边开始出现这种叫约书亚的古老的树。这是一种神秘的植物，每一棵约书亚树大概都超过半个千禧——500 年。但是你只能大概猜测它的年龄，因为它没有真的树干，你无法通过年轮估测它的年龄。

房东给的地址显示是在珀尼塔大街。虽说地址是大街，照例其实是沙漠里没有铺过柏油的沙路。被车轮扬起的尘土路尽头，突然出现好像高迪式的白色奶油糖果屋子。一个戴着扁扁的圆毡帽、留着茂密白胡子、戴着耳环的男人坐在门口晒太阳，一只叫卢卡的小狗在绕着他的膝盖玩耍。刹那间好像谷歌地图错误地引导我们到了希腊的某个海岛，但它又在沙漠上。

我们将睡在这个深橙棕色的帐篷状泥土制结构里，房东管它叫Sleeping Pod——睡荚。从侧面看上去，它就好像在风中送飞吻的黄鸭子。那个男人就是这里的主人——加布。他和丽萨在离开这里一个半小时的、一个叫作加州泥土艺术和建筑学院的地方学习了土袋技术，用风、火、水、土四元素以及它们之间的结合建造栖居之所。这个学校的办学理念是，每个地球人都应该有为自己建造房子的能力。加布和丽萨花了 4 年时间来设计和建造了这个包括自住的主宅和两个客居睡荚，外加一个供客人使用的浴室、卫生间、户外厨房、篝火盆、两个观星台在内的迷你村落。睡荚里没有电源插座，一切依靠太阳能。

因为主人希望模拟儿时露营帐篷的乐趣，同时又免去你带帐篷的辛苦，所以这个睡荚模拟成一个宽敞的帐篷的形式，也就是说，我们得像狗一样地爬进爬出。当我趴在门口听加布示范房屋使用指南时，主人家的狗卢卡索性将一双爪子搭在我的背上，也认真聆听起来，好像它是随我而来的一个好奇的朋友，而且，它甚至比我还带着初来乍到的兴奋！天光让这个三四平方米的圆锥形空间非常明亮。浴室内也充满天光，还能闻到锯木的新鲜气味。

住在沙漠里的人都是避世的人·

加布不是那种看上去愿意和人多说话的人，所以出于尊重，我们在入住时并没有怎么多聊。但晚上准备生盆篝火暖身子时，却发现打火枪怎么也打不出火星，我们只能硬着头皮打电话向加布求助。加布立刻来了，带来了新的打火枪，并决定索性帮我们把火生起来。因为沙漠刚下过难得的几场雨，木柴和树枝都有些潮湿，他也费了不少劲才为我们生好了一盆旺火。和这个不善或者不喜言谈的 Airbnb 房东因为经常会在房间里碰到难免的技术性故障而最终有了舒服的谈话经历，这已经不是我第一次碰到类似的状况了，所以每次碰到房间里这样或者那样的小问题，有时倒也并不沮丧。

在温暖的篝火下，再加上冬雨后沙漠清冽的空气，加布竟然也变得柔和多语起来。他甚至主动告诉我们，他 50 岁了，孩子们也大了，他过够了为别人打工的生活，现在只想一点点完善自己的这个小村落，再干点外面的五金修理的活，就足够快活了。他也不用去看世界，他等着这个世界的人来看他，这个月，他就有来自十七八个城市的 60 个客人来看过他。

我们一起又为篝火盆加了两块木头，在噼噼啪啪的干木爆裂声中，我们陷入了短暂的沉默。再发出声音的时候，是加布，他说选择在沙漠里住的人都避世，唯恐住得还不够偏僻不够深入。他和丽萨自住的那组泥屋的颜色现在是白色的，因为他们还在刷防水漆，最后，它们会回到沉静的大地色。他们不喜欢现在的白色，因为太招人眼了，总有人从公路上看到，便好奇地开车上来相询。难怪他们刻意把睡莢的颜色漆成了沙漠石碳酸灌木丛的颜色，把篝火区域刷成了勃艮第酒红色，那是周围山丘的颜色。他们更愿意隐于这片荒漠大地之中。

隐在沙漠中的奇人不只我们遇到的杰依和加布夫妇，更有不少癫狂之人。比如杰依和加布都推荐我们可以去的，附近一个以洗声音浴著称的地方。此地前身是一处离奇的建筑，叫 Integratron，是一个叫乔治·范·塔塞尔的美国不明飞行物研究者建造的。他在 1947 年时搬到离开这里不远的兰德斯。1953 年，他声称自己上了一个金

沙漠睡袋主人加布的住所

在睡袋里只能爬进爬出（谢玮玮／摄）

A HUNDRED WAYS TO WAKE UP

沙漠睡袋外形好像在风中飞吻的小黄鸭

星人的飞行器，金星人建议他在地球建造一个可以延长人类寿命的装置，于是他花了余生时间建造这个叫作 Integratron 的整合机。可惜，就在宣布整合机正式开幕前的没多久，他便猝死在一家旅馆。当局拆毁了他在这个半球体状建筑里安装的种种装置。

在这个外星接触者去世后的 22 年，也就是千禧年开始的时候，一对来自旧金山湾区，姓卡尔的姐妹买下了这里，把这里改成了一个洗声音浴的地方，她们在地上放了各种盛水的水晶碗，通过敲击产生种种声音。姐妹们相信，"在这个建筑里，地球的磁场存在一个极高值"，姐妹们意味深长地说："这是一个非常非常多汁（juicy）的地方。"我们在那里的时候，公共声音浴场正在整修，我们为此和这个有着疯癫来历，更有着神秘的现代"整合机"失之交臂。

不过加布依然相信乔治，他不认为塔塞尔先生疯癫，他只认为后者的设计太领先于时代。既然去不了声音浴，他说你们也可以去看看那个酒吧啊， 棕榈树饭店在这里邻近的一个叫作 29 棵棕榈树的小镇 。这是一个怎样的地方呢？他用了"quirky"这个词，离奇的，古怪的。"算是亚文化吧。" 加布呵呵笑了起来，将一盆已经烧了一半的火盆和再远处那条好像流过沙漠的内流河般的 62 号高速公路留给了我们。今晚的沙漠夜空，没有星星。

这个酒吧里，沙漠的风遇到了地下丝绒·

我们按照加布的推荐，次日前往奇迹谷里探访那个叫作 29 棵棕榈树的小镇。以前除了前来淘金和开垦的早期拓荒者或者那些哮喘病人会被医生建议到那个终年阳光炽烈的莫哈维沙漠居住一段时间外，基本上没有人会想到在这里落户，至今它的人口密度大约为每平方公里 100 人，要不是美国海军陆战队在这里有一个近 1600 平方公里的基地的话，它的人口可能还要更稀少。士兵们被派去伊拉克等中东地区前，会在这里的海军陆战队空地作战中心进行模拟训练，所以那里的居民也对于遥遥传来的沉闷的迫击炮声习以为常。

　　如果你在维基上搜索这个小镇，歌曲莫过于小伙子带着沙漠热度的心被姑娘伤透了，而影视作品多半是凶杀悬疑，比如有一个叫《情色沙漠》的电影，讲的是一个叫大卫的摄影师带着他的俄罗斯女友凯蒂亚来到这个沙漠小镇，原想拍摄一些自然美景，而故事出人意料的结局涉及大卫被强奸和大卫杀害凯蒂亚。

　　从加布的睡莲所在的约书亚树镇中心向东北方向行驶大约40分钟，会来到一条叫作安博伊的路，它是一条在沙漠中心上下起伏的柔软的公路，沿路如果你手搭凉棚眺望，在沙漠灌木丛的远方，总有一栋孤零零的木屋守候着周围方圆几公里的荒凉，它也是被弃置的。1938年，美国国会通过一个叫作《Small Tract Act》的法案，只要有人愿意到这里来拓荒，就给你五英亩地。于是拓荒人闻讯赶来，建造了一些仓促而就的、似乎就是为了遗弃而建的木屋。当你来到这里的时候，你才发现，原来约书亚树镇竟然是可以堪称繁华。在安博伊路上清寥地开了好一会儿，我们不费吹灰之力地找到了这个荒野中少见的、尚有人类频繁进出的建筑：棕榈树饭店。

　　果然，这是一个推门就弥漫着一股大卫·林奇味道的酒吧。酒吧里布置着一些积了很多灰尘的艺术品，有的是从本地艺术家那里弄来的，有些就是客人带来的，客人决定把它们留在了这里。酒吧的后院是旷野。旷野里疏朗地停着房车。这些房车哪里也去不了，它们的轮胎都是瘪的，陷在沙里，有时候你甚至疑惑，它们到底是精心摆设的艺术装置还是被主人漫不经心弃置的荒物。酒吧里的客人即使买一箱十二瓶的啤酒也要写支票（意味着他们没有信用卡），接个电话掏出的是翻盖手机。每个前来这里喝一杯的人都好像从美国西部电影里走出来的人，在昏沉的乡村音乐酒吧消磨无所事事的工余时光。这是个你踏进门会感到颇为不安的地方，你觉得你不时有被挤出车道的危险，但你一旦坐稳了，点了啤酒和洋葱圈，并和酒保有的没的聊上了天，你就能迅速地切入快车道。

　　我们的酒保叫劳拉，也是酒吧的主人之一，他们一家三口，哥哥、母亲和她，从1997年接管这里。她是一个害羞的女孩，说一句就要笑好一会儿，那些笑就好像是冲淡她害羞浓缩汁的汽水，让她最终成为一杯可以下口的冰镇饮料。

"你平时还干什么？"

（呵呵呵呵）"我是音乐人，我弹吉他也打鼓。"（呵呵呵呵）

"乐队里还有谁？"

（呵呵呵呵）"我哥哥，我妈妈有时也给我们写歌词。我们写好歌就哼给她听，她会建议这里填什么词，那里填什么词。"（呵呵呵呵）

（天哪！那个一进门，在吧台，好像刚刚从床上爬起来，头发东翘西翘，满脸沮丧，很小的眼睛努力在睁开，从某一个角度看上去，就好像失去一个手臂的老妪，原来还会写歌词！）

"乐队叫什么名字？"

（呵呵呵呵）"西布利一家。"（呵呵呵呵）

"什么风格的歌曲呢？"

（呵呵呵呵）"乡村再加一些沙漠摇滚吧。"（呵呵呵呵呵呵呵）（我把这延长的呵呵呵呵看作"盘问可以暂停一下吗"。）

于是，我们就一头埋进了我们的洋葱圈里。它实在是太巨大了，每一个洋葱圈就好像甜甜圈那么大，第一个吃得很满足，从第二个开始，我只能像做手术一样，把那根细小的洋葱像盲肠一样地抽取出来。后来我查了一下网上听过他们演出的人的评论，据说，曲风是"沙漠的风遇到地下丝绒"的感觉。

奇迹谷里的兔子洞书店和好奇害死猫·

劳拉姑娘最后呵呵呵呵地告诉我们马路对面的书店也很有意思，叫奇境书店。我们开车到马路对面，在后院一个复古拖车前稳稳地停好。书店门口有个爱丽丝式的白兔子，房子侧旁也有一个大型兔子纸板。一推门昏沉一片，尘土和发霉的书味，仿佛跌进兔子洞。就好像电影里即将发现死尸一般，我颤声叫道："Hello？Hello？Anyone there？"没有声响。我们把门推开，蹑手蹑脚进去，满谷满坑的书，一排从屋顶倒挂下来的疯狂的帽子，还有一些供小孩穿的道具、玩具、沙发、一些药瓶子、鸟笼（悬疑作家斯蒂芬·金的书全被荣幸地锁进了鸟笼里），甚至还有茶杯；但是，没有人。想来这是一个图书馆性质的地方，供人随意拿取或者贡献图书。后来我才知道，原来这个地方，就是那个"呵呵呵呵"姑娘开的。

而那辆拖车，那辆复古的拖车！我们一开始很快乐地围绕着它拍了不少照片，然后乔安娜好奇地凑到窗口张望，里面也有书，还有一些行李箱。她说我们进去看看吧！我们试着推推车门，竟然没有锁。当然立刻闪身进去，被一股浓厚尘土味呛到了，有人在挤满灰尘的木板上画了心，还有各种小瓶装的烈酒，一个空空如也的心形鸟笼。我们越待越有些害怕，决定马上撤，可是，可是，那扇门竟然一下子合拢了！乔安娜尝试开门，可是怎么也打不开。它竟然把我们反锁在一个 2 平方米不到的尘屋里了！

我是有些反锁恐惧症的，一开始倒还没有发作。但乔安娜开始扮演起电影里镇定的男子汉那样的角色，她开始念咒（还是用英文！）："Don't panic, don't panic."（不要恐慌，不要恐慌。）我本来还没有上升到恐慌的水准，但是一看到连乔安娜这样镇定的人都开始念咒要让自己冷静，我就开始真的、真的恐慌了。我开始呼吸困难，后背起汗，脑子里幻想一切可怕的下场。（难道，这个书店连同拖车本身就是一个陷阱，好像捉兔子的陷阱？奇境不就是一个很好的暗示吗？我们竟然没有意识到，还自投罗网了？）

还好手机有信号这件事没有让我最终昏倒，因为我意识到大不了就是报警了。虽然现在等警察赶来总得需要半个小时，而沙漠天色显然已经开始暗起来。然后我想起是对面的劳拉把我们送到这里的，得找她把我们救出来啊。赶紧上网查到他们的电话，颤抖着手指打电话过去求救，还好，上帝保佑，西布利家的掌门人接电话了。那真是我听到过的，最温柔的沙漠之声："The Palms restaurant. This is Mary."（棕榈树饭店，我是玛丽。）

那个我一开始感到长得颇为吓人的母亲玛丽，此刻真是圣母玛利亚了。"记得早先在你们酒吧里的那两个亚洲女子吗？你们建议

这个就是困住我们的神秘拖车

A HUNDRED WAYS TO WAKE UP

奇境书店门口有个爱丽丝式的白兔子

我们到这里来，我们来了，然后……然后……现在……现在我们被反锁啦！"对方大笑起来，好像这一切就是他们精心安排的一场捕鼠记："好的，我现在就派人过来。"

然后我开始紧张地注视窗外，还好，电话挂断后一两分钟，安博伊路对面就出现一个小黑点，那真是沙漠中最温柔的一个人影了。他是詹姆斯，西布利家第三位成员。我们终于在一个意想不到的情形里，见到他了。和舞台上的样子一样，他的黑毡帽下飘着长发。

乔安娜事后说，这里每个人貌似都属于半疯状态啊。我说奇迹谷里有奇迹啊。

当我们终于挣脱铁笼，回到我们的车上，发动马达，呼啸着回到安博伊路，我的耳边隐约传来下午在 29 棵棕榈树一个叫作"老学校博物馆"的地方，那个 86 岁的颤巍巍的老看管员奶奶为我们唱起的那首欢快的，叫作《来自 29 棵棕榈树的女士》的歌：

"她抛下了 29 颗心，

颗颗都被碎成 29 片，

留下 29 个小伙子正在向他们的母亲抱怨，

抱怨来自 29 棵棕榈树的女士……"

是时候离开此地了。我开始感到有些闷热，让人想起雷蒙·钱德勒笔下的侦探喝了几杯后，陷入酒精困境的那种闷热，然后我慢慢地摇下了汽车玻璃窗 。毕竟，我此刻的目的地就是钱德勒先生经常描绘的洛杉矶。我将右脚踩到了油门上，轻轻地给吉普加了一把力。前方，这条安博伊路的尽头是圣哈辛托山。而这座南加州沙漠里的山的山顶因为今冬充沛的降水量，竟然已经盖上了雪帽。

TIPS

下榻：

1. 约书亚树的沙漠小木屋（Joshua Tree Homesteader Cabin）：zh.airbnb.com/rooms/39492，房费 $114 左右

2. 约书亚树的睡荚（Bonita Domes East Pod）：zh.airbnb.com/rooms/552674 房费 $85 左右

停驻：

1. 外星接触者乔治·范·塔塞尔建造的企图延长人类寿命的整合机，现在你可以在那里洗个声音浴（每个月有两个周末是公共声音浴时间，每人 $20，无须预约，人满为止；私人声音浴需要预约，人均 $100）。
integratron.com

2. 约书亚树沙漠地区是一个艺术家放逐之地，足够宽广的空间和荒芜的环境让这里成为另类艺术家的乐园。下列网址可给你有关该地有意思的艺术探索之旅信息：www.zeal4travel.com/2014/04/11/t-magazine-itinerary-joshua-trees-artful-excursions

3.Pappy & Harriet's 提供烧烤和啤酒，有时也会有精彩的音乐会。
网址：pappyandharriets.com
地址：53688 Pioneertown Road, Pioneertown
电话：(760) 365-5956

4. 棕榈树饭店（The Palms），一个具有大卫·林奇风格的酒吧，酒吧主人西布利兄妹有时会在那儿演出沙漠摇滚。
地址：83131 Amboy Road, Wonder Valley
电话：(760) 361-2810

在"吸血鬼"的老宅里，窥视一个城市的重生

IN THIS MANSION , ONLY LOVERS LEFT ALIVE

国家 美国
城市 底特律
住宿 底特律老宅
特色 贾木许的电影《唯爱永生》拍摄地

这是一部 2013 年上映的美国电影《唯爱永生》中的场景：蒂尔达·斯文顿扮演的吸血鬼伊芙飞过大半个地球，从摩洛哥出发前往底特律看望她的吸血鬼男友，汤姆·希德勒斯顿扮演的亚当。他们在一栋华丽颓废着的老宅热烈地做完一场爱后，夜车巡游在空荡荡的汽车城。他们经过曾经最著名的汽车工厂帕卡德，他们经过曾经很辉煌的电影院密歇根剧场——它们现在无一例外地都被废弃了。他们又经过漆黑一片的底特律主街伍德沃德大街，却只有福克斯剧院的霓虹招牌在微微闪光。

长夜的尽头，伊芙对她的爱人说："所以，这里就是你的荒野，底特律。"

一年半后的 2015 年 3 月，我来到了底特律，在这个城市宣布从破产泥潭中爬出来的 3 个月后，部分也正是因为这部电影。底特律曾经被称为"美

国中西部的巴黎"，可是现在鲜少有人会去那个地方做一名游客。我在芝加哥机场租车，甚至在底特律的咖啡馆早餐时，当大家听说，我们的旅行目的地就是底特律，而不是底特律河对岸的加拿大时，莫不瞪圆了眼睛，好像我们真的是有相当古怪的旅行目的地品位。我的旅伴乔安娜的公公更是夸张，他在送儿媳去机场的路上需要一个再次的确认："你真的肯定，你们是要去这个'Murder City USA'（美国谋杀之都）旅行吗？"我们就是带着如许多的来自周边的重重疑虑，踏上前往底特律的旅程的。

我们不想就这样轻易地结束这个良夜·

我坐在底特律阿尔弗雷德街 82 号，那个安妮皇后式样的老屋子的客厅里，埋在舒适的真皮沙发里。客厅的场景，那扇窗、那个壁炉、那个门廊，有些熟悉，因为上次我看到它们，就是在《唯爱永生》这部电影里。我此刻盘膝所坐的位置和电影里的吸血鬼们呈 90 度角，但我并不像电影里的主人公那么寂寞，我有这个房子现在的主人杰夫·考因、我的旅伴乔安娜，还有三只狗小熊、德纳和罗茜陪伴。三只壮硕的狗在一百年前的老壁炉前啃着骨头，外面只要一有风吹草动，它们就会迅即奔到飘窗前嚎叫，在这栋房子还没有装上 ADT 家庭警报系统时，它们在这个只有三栋房子有人居住的街区里，担当了重要的警卫任务。

我们三个人此时都已经陷入了深深的疲惫，深夜 12:30 了，我们都有了浓重的睡意。看上去似乎总是生机勃勃的杰夫的双眼已经充血，乔安娜不停地在揉眼睛，我趁杰夫不注意，偷偷地掩嘴打一个哈欠。但我们依然不想就这样轻易地结束这个良夜的交谈。是的，一开始，我们只是在聊这个神秘的老宅，聊它曾经的主人，可是渐渐地，我们聊起了杰夫本人，从他童年的匹兹堡，青少年时的克利夫兰谈到 30 岁以后的底特律，从疏离的母亲谈到童年阴影，聊起他和小男友尼克的情感起伏。他诚挚地说："我从来没有女性朋友，

电影里吸血鬼就坐在这个壁炉前面

报纸上关于"吸血鬼老宅"的介绍

A HUNDRED WAYS TO WAKE UP

《唯爱永生》剧照

没想到可以和你们聊得那么畅快。"我们陷入了短暂的沉默，回味着这场意外的情分。每一次和前一天还是全然陌生的本地人有了那种投机的交谈后，突然就会陷入这种有点害怕今夜就要结束的沉默。

这是我们相遇后的第 14.5 个小时。杰夫没有食言，他的确如事先在短消息上对我说的那样——我将奉陪到底，而我当时只是在 Airbnb 的房东留言上，怯怯相询："可不可以占用你一点时间，我们聊聊？"

《唯爱永生》原来就在这里拍摄！·

就在前往探访底特律这个废墟之城前，我好奇地搜索了一下《唯爱永生》在底特律的具体拍摄地点。IMDB 数据库显示，吸血鬼亚当那栋颓美豪宅的拍摄点为：82 Alfred St, Detroit, MI 48201。为何这个地址看上去如此熟悉？我突然意识到，它正是我在 Airbnb 上订的，那栋标题为 "1879 mansion, private lux bath & bedroom" 的老宅的地址！（现在杰夫已经把主页标题换成了 1879 老宅唯爱永生）我验证了一下，完全一样！当时，我在我北加州温暖的书房里，小小地打了一下激动的冷战。于是，我立刻用 Airbnb 的站内留言，给这个叫杰夫的房东写下了那句短暂的，请求谈话的留言。

2012 年夏天，经过反复的选择，美国最有风格的独立电影导演贾木许最终选中了底特律阿尔弗雷德街上这栋有 135 年历史的老房子，作为吸血鬼亚当隐世的所在。它是这条街上存活下来的，来自 19 世纪末镀金时代，也就是底特律黄金时代的三栋建筑之一。这个位于底特律中城灌木公园街区的老房子，可谓是底特律由盛到衰的象征和缩影，它是一个记录美国现代城市盛衰的活化石，而这个电影，也是献给这段曾经辉煌时代的一曲颓废哀歌。

这栋老宅，曾经的确是豪宅。它在底特律的黄金时代，以惠特尼的房子著称，这位大卫·惠特尼，就属于那个木业大王惠特尼家族，他是 19 世纪密歇根州最富有的商人。1893 年，大卫·惠特尼的儿子，另一个大卫把这栋阿尔弗雷德街上的建于 1879 年的房子扩建翻修成现在的安妮皇后样式。然而旧时的辉煌并没有闪耀多时，这里从富商宅邸变成了工人宿舍。那是 20 世纪 20 年代，大量涌入汽车城的南方工人需要住宿，当时豪宅已经易主，新房东毫不留恋地将其改建成了宿舍，直到 20 世纪 40 年代。现在，曾经钉在门上的房号依然清晰可见，从一到十几不等。

接下来的 60 多年，是底特律从拱顶向下持续滑坡的 60 年。1950 年，底特律的人口达到巅峰时的 186 万，其中白人占约 84%，2013 年，底特律人口降到百年最低点：68.9 万，其中 83% 的人口为黑人，它的诨号从 Motor City（汽车城）变成了 Murder City（谋杀城）。这 60 年，底特律一波未平，一波又起，而每次风波的出现，只带着要把这个城市卷入旋涡中心的黑暗使命：由于 20 世纪 50 年代底特律兴建高速公路，使得大量中产阶级白人搬去了更加宜居的郊区；1967 年的种族暴乱再次引发这个城市中产阶级的出逃潮；然后是日本车的冲击，再加上 70 年代两次石油危机而导致的汽车制造业的萎缩；最后则是 1987 年美国股灾引起的经济危机和 2008 年的金融危机。2013 年 7 月 18 日，底特律被空投一枚重磅炸弹：这个城市宣布因无力偿还 200 亿美元的负债而申请破产，创下美国城市历史上最大的破产案纪录。而在这些结构性或者政策性失误引起的风暴中，这个依靠单一汽车经济发展的城市也缺乏一位精明且廉洁的领导人（曾经连任两届的一位前市长因诈骗和敲诈勒索入狱，28 年的刑期等他慢慢在联邦监狱里打发），汽车城深陷泥潭之中。

但最近一次的 2010 年美国人口调查结果也显示了镶嵌乌云的银边：年轻人搬到底特律市中心的比率提高了 59%。也就是说，淤泥固然积重，但我们也开始看到有活力的清泉汩汩涌入。底特律便宜的居住成本、廉价的住房以及类似拓荒者般的发展空间让一些美国大城市的年轻人怦然心动，开始将就业、创业或者置业的目光投向了这个底特律河边上的城市。这些手头颇紧的初创企业创始人、创意工作者开始交头接耳："哎！听说我的一个哥们儿在底特律，竟然有生以来第一次买得起自己的工作室！还带公寓！花了不到 2.5 万美元！"

曾经的宝马主任技师，现在已经翻修了底特律的 8 栋老房子·

阿尔弗雷德街 82 号，也陪着底特律一路坐过山车，下滑 60 年，然后日历翻到 2014 年。根据美国房地产交易网站 www.zillow.com 的记录，阿尔弗雷德街 82 号在那一年，以 11 万美元售出。你已经知道了答案，这个颇有眼光买下这栋老宅的人，正是杰夫，他现在已经不再是我的陌生人，我对他已颇为知根知底。这位从克利夫兰搬到底特律来的年轻人，本来只是一个跟随前老板到底特律来修宝马车的，曾经的宝马主任技师，因为偶然的机会，涉足旧房翻修转租业，他离开了宝马维修站。现在，他更喜欢把自己标榜为：城市街区助推者、历史保护分子、物业管理人、业余钢琴师、自豪的 Airbnb 房东。他每天来回奔波在灌木公园和弗吉尼亚公园之间，前者是他居住的街区，后者是他工作的社区，他在弗吉尼亚公园已经改造翻修了 8 栋旧房子，美国知名的房地产新闻网站 curbed.com 有些夸张地将他命名为"翻修勇士"。因为购买了阿尔弗雷德街 82 号的这栋房子，这个移居到底特律的年轻创业者获得了一些媒体关注，他上了本地报纸的头版，《今日美国报》后来转载了这个封面故事。

邂逅这栋房子的经历对杰夫来说倒是颇为偶然，那是 2012 年的秋天，贾木许的电影拍完没多久，他和男友尼克骑自行车经过灌木公园街区，看到 82 号外有一个出售的标记。他在房地产经纪人的鼓励下，打开了这个拥有 7 个卧室、5 个卫生间，共有 575 平方米和 135 年历史的房子的破门。他只张望了一下，余下的，就已全写进历史了。当杰夫的朋友事后听说他以 11 万美元买下了这栋房子，颇为痛心，因为他当时询价时，经纪人告诉他挂牌价是 25 万美元。

当时住在里面的是一个年过 60 岁的女士。她有囤积癖，是那种什么也不舍得扔，最后把家里堆得没有立足之处的人。"囤积癖"这一形容毫不夸张，家里实在没有容身之处，甚至没有一间浴室可以用，女主人最后退守到地下室，在泥地上冲凉；她的儿子和丈夫最终可能也找不到容身之处，以至于不得不挨个离她而去。电影的助理导演事后说起这个房子还是心有余悸，"当时你简直无法穿过走廊"。所以美术指导也没怎么对这个房子大动干戈，他们唯一所需要做的，只是清除一些东西，剩下的简直自然天成就是一个吸血鬼的理想栖居地：天花板是漏的，木楼梯是摇摇欲坠的，顶楼不少内壁结了厚厚的青苔，到处都是蜘蛛网和尘封的家具。电影拍摄完毕后，剧组把清理出来的破烂家具重新放回去，恢复原样。之后，杰夫从这位女士手中买下这栋房子，在预订向买主交房的那天，这位女士还是没有能够把她累积多年的生活垃圾清理完，他又多给了她一周，最后她表示放弃。杰夫用了 8 个巨大的建筑垃圾箱（每个足有半个集装箱大小）才总算把房子清空了出来。至今前院依然堆着还未清理走的一堆垒成小丘状的乱砖石。尼克说，这也是那位女士生活收藏的一部分。

虽然这栋房子几易其主，历尽沧桑，其中未免也被虐待和滥用，但经过几个月高强度大密度的修缮工作，它几乎恢复了百多年前的神采。从壁炉到门柱，那些精细的木工活都反映了美国工艺运动细节，而小心铲除了油漆和污渍的壁炉周围的瓷砖，是底特律百年陶瓷作坊 Pewabic 的老货，它和那些橡木、樱桃木和胡桃木一样，都散发着幽幽的岁月微光。杰夫终于让老屋蓬荜生辉。他和尼克住主卧，出租了三个卧室给本地的年轻上班族，将一间卧室在 Airbnb 上出租，还有两间卧室待装修。

跟着杰夫目睹这个城市那些被贱卖的房子如何获得新生·

底特律的冬天酷寒，虽然我们在春天抵达，但街道四处依然是未化的积雪。好在，就在我们到的前一天，寒流过去了，底特律出了大太阳，我们这些加州来客依然穿着厚厚的大衣，可是杰夫已然脱到只穿一件衬衫了。习惯在寒区生活的人，只要稍微出点太阳，简直就是初夏了。

这是一个颀长瘦削的、处于 30 岁中期的英俊男子，面容坚毅，腰杆笔直，穿衣打扮和言谈举止中处处透露着自律、忍耐和信心，让人会误以为他曾有过一段军校受训后的戎马生涯。事实上，他只

A HUNDRED WAYS TO WAKE UP

杰夫的男友尼克在后院，电影《唯爱永生》
里吸血鬼用的发电机就埋在这里

我的房东杰夫

上过机修师职校，没有受过大学教育，他的前半生，是宝马机修师。他将修车作为自己的职业纯属偶然。少年时代，这个牧师的儿子经常会去教堂，他对于在同一个教堂参加礼拜的欧洲高档车修理行老板的儿子产生了爱慕之心，为了和这个暗恋对象有共同话题，他开始钻研汽车和机修，未曾想到后来，这将成为他的职业，并最终将他召唤到了汽车城。

杰夫今天有些忙碌，他说他正在翻修他在底特律的第九栋历史老宅，那栋房子也在弗吉尼亚公园区，对我们来说，这正好是目睹这个城市那些被贱卖的房子如何获得新生的好机会，这其实也是我们将底特律作为旅行目的地的原因。所以，我们喝了一杯热咖啡吃了一块尼克前夜烘焙的巧克力饼干后，就坐上了杰夫的皮卡，前往弗吉尼亚公园。

弗吉尼亚公园离灌木公园不远，8分钟左右的车程，这是一个历史悠久的社区，并在1982年列入美国《国家史迹名录》，这是一个美国政府认为值得保护的建筑财产的官方列表，呈现的是美国19世纪末期到20世纪初期，中上阶层居住小区的风貌。这条名为弗吉尼亚公园街的马路还是用石头铺就的所谓"弹硌路"，路当中有一条相当明显的压痕，那是1967年底特律种族骚乱时，被平定骚乱的密歇根国民警卫队的装甲车碾出来的。

杰夫目前正在装修的这栋房子坐落在弗吉尼亚公园街靠近10号高速公路的那段，对面的那栋房子也是他的，目前有3个房客，他说每栋房子每月大概可以收3000美元的房租，他则负担所有的水、电、煤、上网费等。而这样的房子，他在这个街区还有8栋。底特律市中心目前的住房状况出现一个奇怪的悖论：一方面是大量的空房弃房，一方面却出现了"房荒"，也就是说高质量的、适合专业人士的宜居房屋出现短缺，市中心每栋口碑好、质量佳的公寓楼都出现了房客等候入住的状况。杰夫想赶上的，正是这股风潮，在弗吉尼亚公园和灌木公园这两个他熟悉的街坊寻找有潜力的废弃房屋——它们有些属于政府，有些被私人拥有，但那些人只是让房子在风吹雨打中烂掉，无心或者无力进行翻修改造；他所要做的就是，从政府或者私人那里，把这些垂死的房子买回来，为它们施与心脏复苏手术，让它们活过来，然后再为它们整容、打扮，期待它们再次焕发神采。

当杰夫刚刚从克利夫兰搬到底特律的弗吉尼亚公园街区时，眼前所见颇为戏剧化，甚至也可以作为《唯爱永生》的现成场景：雨水的渍迹遍布屋顶，小偷已经拿走了下水管道和其他所有可以搬走的铜铁，谁能相信眼前这栋破烂的屋子是 20 世纪初，美国皇朝汽车公司的老板的宅邸呢？那是 2010 年 12 月。杰夫在底特律异常寒冷的冬夜搬进这个街区，没有一盏街灯是亮的，1/3 左右的房子已经很长时间没有人住了，它们都在等待腐烂前再被放火烧一场的羞辱。那年他 31 岁，他其实也身无长物。他在底特律的一切，从资产、事业到情感，都将从这栋房子开始：弗吉尼亚公园街 130 号。

杰夫曾经借光了周围亲朋好友的钱·

因为是弹硌路，所以杰夫将皮卡开得很慢，以免颠簸，事实上他也不能开得太快，不时会有人从两边的屋子里出来，向他挥手打招呼，他们或是他的邻居，或是他的房客，一度他不得不在路当中把车停了下来，和对面行驶来的一个叫亚莎的黑人老妈妈寒暄，她即将去意大利，他在劝说她尝试用 Airbnb 旅行。他摇下车窗，大声地叫她"Mama"！杰夫就好像这个街区的区长，事实上，在某种程度上他的确是，他一手参与这个社区的改造，还担任了街坊的业主协会主席，时不时搞些邻居派对什么的，从老街坊那里听听此处的尘烟往事，他希望这里充满了旧时候才有的人情味。

杰夫带我们去看 130 号，他对这个房子充满感情。这是他在底特律最早的家，他和尼克初恋的回忆也在这里。他将门口散落在地上的纸张捡起来，扔进垃圾桶，开门，走进客厅。他环顾四周，好像在用鼻子，而不是眼睛，在看他曾经生活过的故地。现在，他的房客们把这里填满了，他们为他带来了健康的现金流，他终于可以向银行融资了。而之前，当他的这个置业计划刚刚开始的时候，没

A HUNDRED
WAYS
TO WAKE UP

杰夫和尼克的画像

"吸血鬼老宅"的外观

有一家银行愿意为这样的房子提供贷款，虽然这些房子用现金买下来通常最多不过两三万美元，但他投入每栋屋子的翻修成本平均为12.5 万美元。他为此借光了周围亲朋好友的钱，这个阿姨借给他 30 万美元，那个叔叔借给他 10 万美元，都是些天使投资者们，现在，这些叔叔阿姨们每年都能准时收到他承诺的 10% 的投资回报。

临走时，我们还张望了一下他目前正在装修的房子旁边的一栋弃置的房子，那栋房子已经很久没有人住过了，顶楼也有明显的纵火过的痕迹。底特律无所事事的游民曾经有个荒唐的爱好，那就是放把火烧烧那些没人住的房子。万圣节前夜特别多，简直成了这个城市曾经的一个年度景观，这个可怕的万圣节传统被称为恶魔的夜晚。要让弗吉尼亚公园整体的地产价格升值，他必须一个一个消灭这样的街区疮孔，因为没有人愿意和一个窗户被三夹板钉上、房顶被火烧火燎过的房子为邻。

杰夫的男朋友尼克，是个清秀而害羞的大男孩·

从弗吉尼亚公园回来，我们在克莱斯勒大楼和杰夫暂别，他要到里面的一家裁缝铺试西装，这是他第一次定制西服，他颇为期待，这预示着他真的已经走出了财务瓶颈，并且开始非常职业地对待潜在的投资者。他把我们交给了比他小 11 岁的尼克。尼克也出现在杰夫的 Airbnb 房东简介里，他自豪地介绍自己的男友尼克是个极富天赋的作曲者，正在大学攻读音响专业，同时，他还是一个厨艺高手。杰夫轻柔地摸了摸尼克的膝盖，讨好似的说，"你可以继续招待我们的客人吗？"然后他们拥抱着告别，轻声细语地说"我爱你"。

尼克是个清秀而害羞的大男孩，今年 5 月，这个 25 岁的音乐专业的男生就要本科毕业了，他想做音乐制作人，看得出杰夫非常宠爱他，支持他去做创意的事情，他甚至还学过两年中文，吃过月饼，这在中西部的美国人里并不多见，这让我们之间更亲近了一层。

阿尔弗雷德街 82 号的装修对他们的感情是一个巨大的挑战，他们从弗吉尼亚公园装修好的房子搬出来，这对约会已经 5 年，在同性恋社区属于相当长情的情侣搬到这个施工中的屋子。因为底特律有不少小偷会钻进他们认为没有人住的房子里偷建材或者五金，所以必须得有人住在里面守护，而且当时这个房子里还没有浴室和厨房，这对好像孔雀一样的尼克来说，是无法忍受的。而当时的杰夫正处在财务危机之中，为买下这栋他名下最贵的物产，他承受了相当大的风险，种种装修中的抓狂事（比如依然遭遇闯窃两次，拆出的浴缸放在屋外，次日就发现被人用大铁锤砸碎以后搬走卖钱去了）让他时时处于崩溃边缘，这是他翻修老房子事业起步以来，最艰难的一次实践。有一天，尼克终于拂袖而去，不过留下话头：哪一天你有厨房了，我就回来。最后，当老房子终于有了厨房，杰夫在第一时间发了照片给尼克，尼克终于回来了。尼克现在天天为他做饭，他颇为拿手的菜是匈牙利菜。和异性间恋爱一样，这对情侣依然有很多磨合事要做，实干家杰夫紧张而节律，艺术家尼克松散而随意，他们现在在努力地为对方，向中间靠拢。

尼克带我们去看 82 号的后院车库，这里依然满目疮痍，杰夫暂且还没有时间修缮这里。这里曾经是马厩，后来成为车库，但现在它没有屋顶，所有的窗就是一个洞。如果你对《唯爱永生》记忆犹新的话，这个院子，就是电影里亚当埋藏发电机的地方。尼克用脚踩了踩一块木板，电影里的发电机就藏在那块木板之下。在积雪的后院里，还有一台老式的烤箱，Detroit Jewel 牌，是 20 个世纪 20~30 年代的时髦货，它的广告语是"他们烘焙得更好"，它应该是被哪一个前任房主遗弃在这里的，总有一天，这个老货会以时髦的姿态重现的。但现在，它仍在冬眠。

这个城市在夜色笼罩时，重新有了一些照路的光明·

等我们再见到杰夫时，他已经试完了衣服，并去了和阿尔弗雷德街相交的埃德蒙广场一栋废弃的老房拍照，他需要这些照片让建筑师完善整修方案。市政府本来已经把那栋房子列为要拆除的房子，但是他提出的整修计划成功地让政府改变了主意，他现在需要让政府开个好价钱，把房子卖给他。杰夫的身体里好像装着永动机，并且在底特律，项目一个接着一个来，只要他在马路上随便遛个弯，就能发现一个可以放入"购物篮"的房子。因为目前所从事的这个工作，他和市长有些会面的机会，"我们认识，当然不是随便可以打电话的那种朋友，但是他很亲和，他对同性恋也很友善。"

底特律现任市长名叫迈克·达根，这个看上去精力旺盛的新市长是这个黑人居民占人口绝大多数的城市近 40 年来的第一位白人市长，律师的背景和从商的经验让他可以有规有矩地、商业化地重振这座城市。2014 年 12 月 10 日，在底特律宣布破产保护的 17 个月后，这个在位一年的市长满面红光地向全世界宣布："今天是一个底特律的好日子，我们可以把关于破产和危机管理的这些对话抛在脑后了……从明天开始，我们重新开始。" 好像某种隐喻似的，底特律也在不久前修好了 4 万盏被破坏或者偷走的街灯，这个城市在夜色笼罩时，重新有了一些照路的光明。

我们攀爬上了阿尔弗雷德街 82 号的天台·

夜色终于深到无以复加。我们攀爬上了阿尔弗雷德街 82 号的天台，这个市区面积大约为 360 平方公里的城市在我们的脚下。它的面积相当庞大，可以将曼哈顿、波士顿和旧金山三个市区一起装下。你的视野里，前方是新建的康美利加体育场，底特律老虎队的主场，夏季有烟火，棒球季在 4 月就要开始了，城市也要活起来了；我们视线右前方远处是大使大桥，大桥的另一边，就是加拿大的温莎市。但是，当我们将身体转了 90 度，再转 90 度，视野里就是大片大片的城市空地，有的已经权且改造为城市农场。杰夫并不担心目前的荒凉，他说，这里的土地其实都已经有了买主。我们的市长请了一个新的城市规划者，一个秘密的开发计划正在进行，但是现在还不能透露给外界。

如果在夏季，底特律河的风徐徐吹来，在这个露台喝喝啤酒，看看城市的天际线和体育场外墙不断变化的灯光应该很美。这也是杰夫今年第一次在夜晚爬上露台，我们静静地看了一下夜色。这是我看过的最不激动人心的夜色下的城市天际线，但我承认我更在乎的是此时此刻这种安宁又有些躁动的气氛：我们在这里遇到的每个人，不管是底特律本地人还是移居到底特律的外地人，都对这个城市的"重生"怀抱着严肃的希望。

其实对于底特律人来说，"重生"的火苗已经不是第一次点燃，在这个城市的当代史中，"重生"的火苗一燃再燃，可总是复又熄灭：

20世纪60年代，底特律老虎队曾经在美国职棒大联盟的年度棒球冠军联赛的决赛中战胜圣路易斯红雀队，底特律人相信"我们要'重生'了"；70年代，亨利·福特的孙子在市中心建造了包括七栋摩天大楼的通用汽车文艺复兴中心，底特律人相信"我们要'重生'了"；80年代，全长4.67公里、名为"People Mover"的轻轨建成，底特律人相信"我们要'重生'了"；90年代，三家大赌场落户底特律城中，底特律人相信"我们要'重生'了"；新世纪第一个10年，橄榄球赛超级碗有一年在底特律举行，底特律人相信"我们要'重生'了"……可是令人遗憾的是，这些火苗只是弱弱地燃烧了片刻，就迅疾被吹灭了，没有人因此为这堆篝火添薪加柴，依然没有人到底特律市来，依然是大片大片的民居被废弃，人行道上依然长满了野草。

可是，这次来自新世纪第二个10年的"重生"势头和以前颇为不同，这次貌似是真的有像杰夫那样的人，那些具有可持续成长性的人在试图点燃一朵朵身边的火苗，然后造成星火燎原之势，而非依靠一个事件或者一个建筑在引火的纸烧尽后，黯然熄灭。这些新底特律人，或者是曾经离开又复返的底特律本地人，有的带了热钱而来，而更多的则准备在这里赚钱，他们把在这里生活了一辈子的老居民花在抱怨政府、抱怨资方、抱怨夺去他们工作的外国人、抱怨除了自己以外的一切外界因素上的时间，用在了改变上。而事实上，

A HUNDRED
WAYS
TO WAKE UP

我在密歇根中央车站前（谢玮玮／摄）

底特律冬天的光影

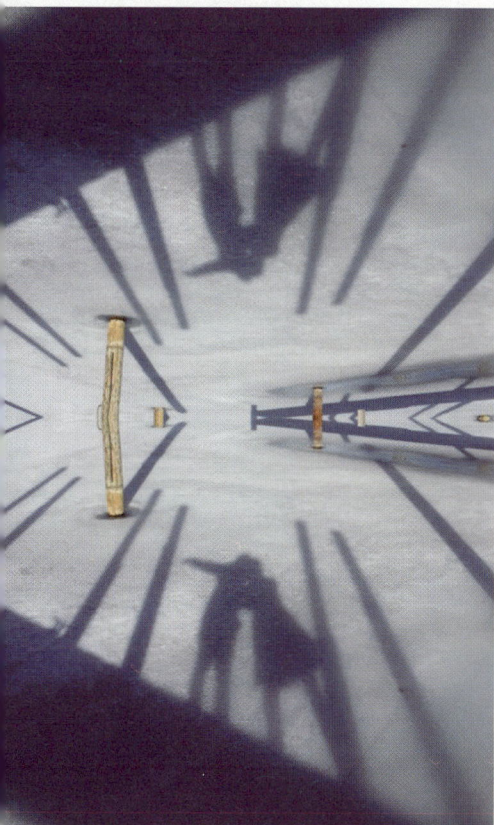

躺在底特律的雪地上（小付／摄）

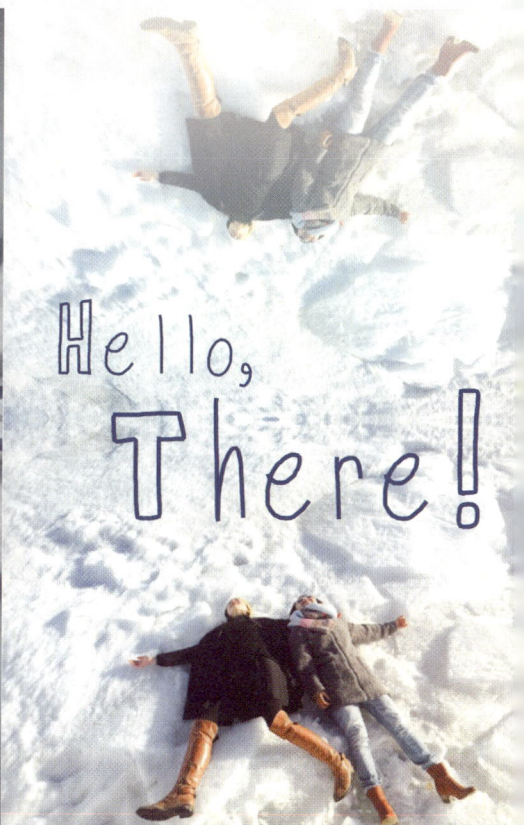

Hello,
There!

杰夫们正在以一次"重生"一栋房子、一家餐馆、一个初创企业的速度，来尝试"重生"这个城市。

我不知道自己何时会重返阿尔弗雷德街 82 号，我也很好奇当我再次爬上天顶，俯瞰周围，我的眼前将是怎样一个图景。底特律这次会如愿以偿吗？杰夫的房屋舰队会扩张到怎样的程度？杰夫和尼克会有将来吗？我希望在不远的将来，我可以亲自前来揭开谜底。

下榻：

底特律《唯爱永生》拍摄地（1879 mansion Only Lovers Left Alive）：zh.airbnb.com/rooms/2938617，房费 $99 左右。

停驻：

1. 老教授的私人博物馆：在杰夫家对面，温莎大学教授艺术史的教授米歇尔·法雷尔的家，一栋建于 1872 年哥特复兴式老建筑，也是一座私人艺术博物馆。到以下网站可以预约参观，教授也组织底特律建筑和历史主题的步行游，收费均为 20 美元 / 位。
地址：59 Alfred St
网址：www.arthousetours.com

2. 密歇根剧场（Michigan Theatre）：这里是福特汽车库的旧址，在这里，亨利·福特开始在他的一层楼砖屋里实验第一辆福特汽车，现在它可称为世界上最美的停车场。你依然可以在那里停车，也可以从正门口大楼处入内，好言向门卫提出参观要求，一般都会得到满足。
地址：238 Bagley Ave, Detroit,MI48226

3. 密歇根大街（Michigan Ave）：在 Wabash 大街和 14 街之间这个短短几百米的街区内，集中了底特律值得品尝的各种美食：从 Astro 咖啡馆（2124 Michigan Ave）开始早餐，Gold Cash Gold（2100 Michigan Ave）这个曾是当铺的餐馆，现在是底特律时髦又健康的午餐地，晚餐则可以去 Slow BBQ（2138 Michigan Ave），本地最有名的烧烤餐馆。餐后则请移步隔壁的 Sugar House（2130 Michigan Ave），在 21 页厚的鸡尾酒单中，尽情迷失在底特律的夜色阑珊中。

被海风、柠檬和北纬41度日光包裹下的烹饪假期

A COOKING VACATION IN ITALY

国家 意大利
城市 波西塔诺
住宿 餐馆厨房
特色 意大利海岸小镇的风光、人情和美食

　　我将要记叙的是，我们在阿玛尔菲海岸一周的柠檬生活，那个一气呵成的烹饪假期。而其中唯一的分隔线，就是那一杯一杯修长的普洛塞克气泡酒：我们的女主人劳伦太太会在任何时候——晨间、午后、黄昏、散步归来和做菜的间隙，问上一句："要来杯普洛塞克吗？"

　　我怀念清晨推开落地门，山谷里就会隐约传来的桦木在砖烤炉里噼啪燃烧而发出的熏香味道；我怀念太阳落山后的晚上8:00，和波西塔诺的玛丽露阿姨爬一百多级陡峭山梯，夜探她后园里的鸡、鸭、兔子和那头圣诞前要宰杀的公猪；我怀念清晨第一杯咖啡前就得和卡布里岛的玛丽亚大妈去她自家菜园采摘当天下厨要用的西葫芦、西红柿和紫茄子；我怀念初到波西塔诺那两天，每晚9:10左右，不知为了哪个阿玛尔菲的圣人，烟花就会在波西塔诺山顶教堂圆顶的上空盛放；我怀念又一次酒足饭饱后，从和大海平行的哥伦布道步行回家，对着天边快要满起来的明月伤感地说："眼看着月亮一天一天地圆了起来，到了满月就是要离开此地的日子了。"同伴说："嗯，那不正就像我们的肚子吗？"我也至今怀念，在那个夏风沉醉的夜晚，在佩图索山的满月下，次日我们将要告别，那一餐由萨尔瓦托雷厨师度身定制给我们的菜单名为"惊喜"的阿玛尔菲告别宴。

而这一切只起源于 2011 年 6 月里的一天，《国家地理杂志旅行者》上刊过一篇名为《阿玛尔菲海岸：流动的圣节》的文章，一位名叫伊丽莎白·贝格的美国女作家记述了她在意大利南部的阿玛尔菲海岸，一个叫波西塔诺的海边小镇度过的犹如流动的圣节一般的一周烹饪假期。女友兮俏短信飞来："要吗，同去？""同去！同去！！"这是一场完全兴之所至的即兴旅行的缘起，还有什么比两个爱游乐爱厨房的女伴深入意大利厨房探秘更能让人一拍即合的暑期远足呢？三周后，我们已然分别从旧金山和北京出发，一个东进，一个西行，转眼便同坐在了从罗马前往那不勒斯的 IC 城际列车上，开始了我们为期一周的女伴间的烹饪旅行。而这样的旅行，又不仅仅只关乎烹饪，卡尔维诺曾说，"欲识一方土，务须尝其食"，而你不觉得，如果你想识得一方人，没有比深入其厨房更能直切入主题吗？

我们的女主人不仅找到了打开意大利厨房的钥匙，还找到了……爱·

这个烹饪假期的名字叫作意大利烹饪假期，是一个叫劳伦的来自美国新英格兰的美国人创办的。她在布朗大学求学期间为校报撰稿拍照，毕业后先去巴黎看世界，在当地一家玩具公司做公关，然后回家乡波士顿开创了自己的公关公司，生活列车本来在铺展在一常青藤名校毕业生前面的轨道上按章行进着。可是，跟着母亲重返其曾祖父母故乡——苏莲托的一次旅行，却让她决定改变列车行进的方向。如果那首《重归苏莲托》的歌只是采柠檬的工人望乡的悲歌，劳伦的《重归苏莲托》却让她决定就此告别都会公关女的生活，而永久地回到根的所在，意大利阿玛尔菲的乡间，在苏莲托东南方约 17 公里外的波西塔诺，操办起这个以"柠檬慢生活"为主题的烹饪假期。在那里，你能在美妙不可方物的风景间隙，找到打开意大利厨房的钥匙，甚至顺便，还有找到……爱。

对，最起码，她自己率先找到了。她来时一个人，冠着伯明翰的姓，而她现在则姓皮西泰里，一个典型的意大利姓。整个故事是一个近乎经典的意大利爱情公式：单身美国女子＋迷失在路边＋意大利骑士出现＋热情地提供帮助＝一场意大利婚礼。而当初她初来乍到在教堂碰到的年青人就成了她的婚礼策划人，现在则是她的得力助手。劳伦兴许在意大利待的时间并不算很久，但这个机灵的意大利后裔显然在最短的时间里就获得了最意大利的经历，深谙了意大利人的为人处世办事业之道，并迅速升级为 VIP，请注意，此处的 VIP 指的是：Very Italian People（非常意大利人）。

劳伦在波西塔诺安下的家也是她的办公室，宽大舒展的露台犹如波西塔诺向第勒尼安海俏皮吐出的那个小舌尖。而从大门口进到这个露台则是一连串下坡的阶梯，脚边是夏日的那种长长的西葫芦，它们的花已在地上铺成了杏黄色的毯。罗勒、香菜、薰衣草、鼠尾草和月桂等厨房尊贵的草药嘉宾则前后环绕着，好像随时准备踏上黄毯。再往山坡下走，就是一片片橄榄树，那些橄榄将在一个季节后成为自家出产的冷压初榨橄榄油的原料。

仲夏午后，这个地中海时间，全城都在闭关午歇的时候，我们在这个露台落座，有坎帕尼亚区小酒庄出品的法兰娜白葡萄酒，有海风将劳伦细柔的话语转送到耳边，听她说心目中这里夏天最美的时分：是巨大的西葫芦花向着海的方向铺撒；是樱桃西红柿盖满了藤蔓犹如壁毯；是一个个宗教的庆日；是波西塔诺山脚大海滩上唱着赞美诗列队的行进和夏日音乐会；是圣洛伦索之夜看流星划过 8 月的夜空；是在卡布里的黄昏，绕着修道院做长长的散步，轻声细语；是深夜，在自家露台上秉着柠檬草烛的长谈。而对我们访客来说，也许，此时此地便是夏天最美的时刻。

半山腰的玛格丽特别墅充满波西塔诺的气味·

我们在 7 月的一天抵达波西塔诺。推开半山腰的玛格丽特别墅的落地门，波西塔诺的气味——大抵能辨的有阿玛尔菲柠檬、第勒尼安海风、北纬 41 度日光、民居外墙所抖露出的水粉画味儿便鱼贯而入我们的房间，井然有序地在厨房、卧室、爬满了藤蔓的凉棚，甚至铺满了彩绘瓷砖的厕所——落座。这座位于那波里以南大约 1 小时 15 分钟车程、攀附在阿玛尔菲蓝缎海岸上的小城作为阿玛尔菲航海共和国的一部分，曾在 12~13 世纪盛极一时，在近东和远东间繁忙地进行着丝绸、香料和珍木的交易，然后世道一路下滑，19 世纪中期，8000 居民中倒有 3/4 移民到美国寻找出路，这里复成为安静的渔村，直到"二战"后，被约翰·斯坦贝克、伊戈尔·斯特拉文斯基等会玩的老文青、老艺青们重新发现，及至 20 世纪 60 年代，这里更和临近的卡布里岛一道，被"甜蜜的生活派"时髦人物相中，成为欧洲人新的度假目的地，就此开始口碑外传。

玛格丽特别墅，这个我们一周烹饪假期驻扎的大本营属于一位女伯爵的资产，她的全名叫莱蒙德·盖塔尼·德·阿奎拉·达拉戈纳。某种意义上，它就象阿玛尔菲海岸的起居室。房间雅洁可喜，没有诸如鹰头狮身的怪兽在天花板狞笑，或赤裸裸的胖婴儿雕塑嗷嗷待哺地出现在床头，以至于让你产生正睡在某个意大利公共场所的感觉。女伯爵现更以舞台和服装设计师的身份活跃在米兰、威尼斯、伦敦的歌剧戏剧和芭蕾圈。格里高利·派克、伊丽莎白·泰勒、理查德·伯顿、米凯亚·巴瑞辛尼科夫都曾是其座上宾。

屋内的圆桌上早已经有围兜、菜谱、行程表和起泡酒等待着我们，好像是打开一周新奇旅程的钥匙。还有一张邀请我们直下到大海滩旁的三姐妹餐馆（Le Tre Sorelle）的欢迎晚餐——对，就是泰勒和伯顿在女伯爵带领下，几乎买光了波西塔诺的海魂衫后，转而前去用餐，单前菜就点了很多的那一家餐馆。

A HUNDRED WAYS TO WAKE UP

波西塔诺镇中心　　　　　　厨师围兜和起泡酒在等待我们

跟着玛利亚大妈学做 gnocchi（意大利团子）　厨师萨瓦托雷

站在半山腰的别墅，攀附在海岸上的小城波西塔诺尽收眼底

我们站在搭着花架的露台上，视野正中是那座如波西塔诺皇冠般的圣玛丽亚教堂的彩陶花饰圆顶，我们深知今后的一周，都将要面对着这层层递进而下的金黄柠檬树、依次渐升的彩色山居以及满满铺开的船坞，在长日将尽的时候，在这里，在此地，议一议当天撞到的风景、烹煮过的菜肴、制造的笑话和要珍惜的情谊。

波西塔诺，La citta' vertical(垂直的城市)，你好，晚安。

萨尔瓦托雷厨师和玛丽露阿姨·

在卡布里岛一日游的次日，也就是抵达波西塔诺的第三日，我们的烹饪课正式开始了。厨师萨尔瓦托雷的餐馆 Il Ritrovo 坐落在波西塔诺半山腰的佩图索山。餐馆进门处如同其他意大利餐馆一样，挂着种种家庭照片。我们指着一张老黑白照片，问厨师："他们是你的父母吗？"这个脸上带着孙悟空般神采、12 岁就开始下厨的中年厨师断然否认道："不！不是我的父母，是我的爸爸和妈妈"。而且他也不着急赶我们上灶台，而是先请我们尝了意式咖啡和自家的柠檬曲奇，再慢悠悠领我们到电脑前，在 Facebook 上互加为好友才是正经事。我们立刻就明白这两天的烹调课除了学做马苏里拉乳酪、柠檬意大利烩饭、五酪意大利饺、意大利面酱汁、红酒炖鸡、意式奶冻、柠檬提拉米苏等经典意大利菜外，还将有多少莫名欢乐的花絮在厨房里等着我们啊！

到了意大利，可是没人能够，甚至说没人敢一本正经的。这是不被空气、气温、光照、食物、本地人的手舞足蹈，以及那些头上顶着顿号一样重音符号的意大利元音所允许的。当那些意大利重音被释放时，每每就像一泄而下的瀑布遇到了凸石，那些充满活力的元音就在一个个爆破感十足的辅音的率领下冲锋陷阵出来，脸颊在鼓涨，舌头在打转，上鄂在颤抖，下巴在松开。虽然课程是用英语传授的，但我们经常会顺便问厨师这个菜那个佐料用意语怎么说，因此这也顺便成了一门随性的入门语言课。喜欢这个烹饪课，就因为它很私密，又家常，很随便，你想学什么，尽管提出便是，完全不受节目单限制。

我们的另一位师父是玛丽露，不是玛丽莲·梦露，她是厨师的婶婶，她让我们叫她阿姨，意大利语叫 Zia，我们就算是她的首批中国侄女了。第一天是柠檬日，一切都以柠檬当道。事实是，在这里，柠檬犹如我们的小葱，可谓无处不在，它们像清新的露珠，浸润着阿玛尔菲海岸的厨房。此地出产世界上最好的柠檬，得益于地中海温和的小气候环境、肥沃的火山土壤、充足的日照和咸湿的海风。此地的柠檬大致有两种：Femminello Ovale Sorrentino 和 Sfusato Amalfitano，前者表皮光滑，色淡，椭圆形的个头较小，口味强烈，是制作柠檬利口酒的首选；后者个头颇大且较长，表皮凹凸不平且厚实，对于喜用柠檬皮做饰面的阿玛尔菲海岸的厨房来说，后者是必备。同一般柠檬在我们印象中大抵贡献汁液不同，此处的柠檬最活跃的部位却是其最外层的金黄色果皮，用刨擦刀细细刮擦下金黄色的果皮细末，隐藏在果皮颗粒状结构中的饱满的怡神香氛和果油就此释放出来，这些纯天然的柠檬味之素犹如天兵降落在意大利烩饭里、鱼里、肉里、果酱里、蛋糕里、酒精饮品里，迅速解放了这些普通食材平淡的生活。你只要看见玛丽露阿姨在烹饪过程中的这一步和下一步之间沉吟着，你就应该很讨巧地递上一枚本地柠檬，因为这一步必然就是"加上一些柠檬果皮"。

意大利烩饭如波浪般在舌上起舞·

让我们从做一道柠檬意大利烩饭（Risotto）来体验意大利厨房的迷人之处吧。

原料：500 克 Risotto 米（关键在于使用卡纳罗利米，这种出产于意大利北方，相对不易栽培的稻米又被称为"水稻之王"，颗粒细长，口感细致绵密，奶味十足，米粒较不易煮烂，达到意面所特有的所谓"弹牙"口感）；1.5 升蔬菜高汤（在冷水里加入切成大块的 2 根胡萝卜、2 头洋葱、一捧西芹、少许盐，烧开后放小火慢煮 80 分钟左右）；4 粒柠檬，取其汁液和柠檬果皮；100 克研碎的帕马森干酪；50 克黄油；1 头切成细碎的白洋葱；1 杯白葡萄酒；以下各项则纯为附加原料，并非烹煮该菜必需，视心情心境心相的量增减：1 杯起泡酒、1 小盘柠檬叶烤马苏里拉乳酪、1 颗随时准备分出去看厨房内外热闹的心。

先在一个直径较大的浅平底锅里融化黄油（如想口味清淡些，则用一小勺植物油，橄榄油对卡纳罗利来说太过强烈了些），再加入切细碎的洋葱，然后倒入 Risotto 米，略翻炒一下后，待其足够高温又不致焦黄前，加入白葡萄酒，酒倒入时，温度应使其能滋滋沸腾（如果温度不够高时倒入，你就等着长久长久地守候在这口锅旁吧！）。待酒蒸发后，逐步加入蔬菜高汤，不停搅拌，因这种米的直链淀粉含量较高，所以非常吸水，一待略干，就得不停补充蔬菜高汤，以免烧干，但每次只能加一勺高汤，切忌心急。好在就在搅拌间隙，可以腾出一只手接受一下萨尔瓦托雷厨师的拥抱，在舀下一勺汤前，则喝一口厨师刚斟上的气泡酒小酌，趁汤还未烧干，腾出另一只手，品尝厨师犒赏聪明学生的柠檬叶烤马苏里拉乳酪佐酒小食。

和中国米饭只要加了水就等其慢慢吸水膨胀收干的放养小丫头式不同，意大利米可是个"请时刻关注我"的小公主，你得不时看一眼水有无烧干，不然就得像冲麦乳精一样地"调一调"，以助"小公主"内心里的奶油弹牙质地充分释放。鉴于整个过程有 20 分钟左右，所以我们也得学会像厨师一样可以三头六臂，只不过他的三头六臂通常用于左拥右抱，飞吻洒向四周，我们学生就得忙着做这些厨事：把在玛丽露阿姨指导下自制的柠檬曲奇从烤箱取出，送进事先已经放入模子的柠檬蛋糕，将小牛肉拍松，裹上面粉，准备下油锅等。而其间，不时就会有厨师的叔叔、厨师的弟弟抱着妹妹的孩子、各路供应商、穿制服的神秘人等等，默默地站在厨房外的玻璃后看着我们，好像参观笼中物，然后悄悄地走了，正如他们悄悄地来。

20 分钟到，关火。在装盆前加入削薄的帕马森干酪、柠檬汁和柠檬果皮。装盆后再轻飘飘如云雾般淋些许柠檬橄榄油，缀上些许帕马森干酪、柠檬果皮和香菜细末，大功告成。

　　厨师当我们是远方来的亲戚，一起做了一上午的菜，便在下午 1 点坐在被佩图索山拥在怀中的露台餐馆，和员工们一起分享两个小时漫长的员工餐，端上桌的就是那些我们自己做的菜。举起酒杯，向玛丽露阿姨正在百米外山腰上照看菜园的丈夫大力地喊出一声"Salute"（你好）。我们的唇齿徜徉在被柠檬汁液微触过的芝麻菜嫩芽叶之间，红酒炖好的走地鸡肉的香气默默地在我的口中扑扇着翅膀，柠檬提拉米苏则在齿间隐约闪露出淡金色的柠檬之光。对了，差点忘记提起我们的柠檬意大利烩饭，果然，除了意面的"al dente"（弹牙），烩饭所特有的"all'onda"（好像海浪一般，用来形容意大利烩饭完成时的完美状况：如果摇动锅子，烩饭涌来又退后好像潮水一般，那么此刻就是烩饭恰到好处的时候）也的确缓缓释放而出，那是一种略带液体感的口感，能让人感觉到某种波浪起伏的味道。就这样，意大利烩饭如波浪般在舌上起舞，而这波这浪，是由我们在地道的意大利厨房中，在八卦的小锅中掀起的。且让那些波浪慢慢翻涌吧，我们今天可不赶时间。

　　告别的那天，我一早就被嘹亮的铜管乐声吵醒了，俨如欢送。那一连串在阿玛尔菲海岸厨房度过的夏日里，每天小臂和腿脚有多酸痛，食欲就有多旺盛，内心就有多愉悦，这是一道感性的多元函数，需有对厨房和大自然无条件的热爱才能把它解开。就在每一天结束的时候，不得不想在空中大力涂画上这样一个漫长的单词（恰好意大利语正好也能提供）："Sovramagnificentissimamente！"由但丁炮制的这个 11 音节的单词表示："实在实在实在太赞了！"而我有没有忘记提及，意大利，恰巧正是发明感叹号的地方呢。

　　就在离开前的那一刻，物业经理宝拉到我们的住地做临走前的例行检查。她按章问我们"有什么东西打碎了？"我据实以答："是的，只有一样东西碎了——我的心！"

我在波西塔诺镇中心（殳俏／摄）

波西塔诺适合穿着花枝招展地发呆

玛利亚大妈在她的菜园里

我和玛丽露阿姨展示我做的意大利饺子（殳俏／摄）

TIPS

下榻：

波西塔诺半山腰的玛格丽特别墅（Palazzo Margherita）需 3 晚起订，每晚房价 350 欧元起。www.margheritapositano. com

停驻：

意大利烹饪假期（Cooking Vacations Italy）的网址：cooking-vacations.com

在 cooking-vacations.com/programs-italy.asp 链接中可以找到其遍布意大利的各种烹饪假期，从一天到一周的课程安排皆有，费用 195 美元 ~3995 美元不等，取决于季节、是否住宿、课程长短和配置不同。课程皆为英语教学。

国际厨房（International Kitchen）（www. theinternationalkitchen.com/）则提供世界范围内，甚至从土耳其到以色列各地的烹饪假期，从一日到多日不等，也有不同的价格范围供选择。

我们学厨艺的餐馆 Il Ritrovo 坐落在波西塔诺镇上方的山地小镇，游客比波西塔诺少很多，可以感受阿玛尔菲海岸的本地风情。厨师萨尔瓦多也在其官网上提供短小精悍的烹饪课程，可以在网上问询课程信息。

www.ilritrovo.com

骑象穿过
老挝的丛林

A CAMP NAMED SHANGRI-LAO

国家 老挝
城市 琅勃拉邦
住宿 丛林大象营地里的帐篷
特色 与大象、丛林、寂静最亲密的接触

　　每年 11 月底，老挝的雨季刚刚过去，其瀑布依然水量充沛，而欧洲来的背包客尚未蜂拥而至，此时，是抵达这个面积比英国还大，但人口密度却最稀少的亚洲国家的好时候。老挝这个位于中南半岛核心的国家被四个邻国好像粽子里的糯米似的，包围得严严实实。而这个国度，在你踏上它的国土后所感受的滋味，就真的如同终于咬到了肉粽里，那块深藏不露又肥美多汁的五花肉，丰腴鲜美而毋庸多言。

　　1353 年，一位叫法昂的王子建立了第一个老挝王国，并将之命名为澜沧王国，它的意译比音译更富诗意，那便是：万头大象和白色阳伞的国度。欧洲人对于澜沧王国最早的描述来自 1641 年。在塔銮节日庆贺正值高潮的时候，荷兰商人杰拉特·范·维斯特霍夫率领使团抵达万象。他在日记中如此记录接受国王接见的情形："国王坐在一头白象上，从镇里过来，并从我们的帐篷前面经过：我们像其他人一样，跪在路上；国王 23 岁左右……在国王后面，几名护卫骑在大象上跟随在数名乐师身后。他们后面约有 2000 名士兵，最后是 16 头大象，上面坐着国王的 5 位妃子。"而在 19 世纪末期的那场法兰西第三共和国与暹罗王国间的法暹战争中，暹罗军队也正是驱着身上驮着大炮的大象向老挝挺进，前去和法国进行一场最终战败，并被迫将老挝割让给法国的宿命之战。大象在老挝象征着王权、智慧、喜庆、国土，甚至这个国家的名字本身。

跟着奈斯博士前往香格里老挝·

我是在无意中搜到这个叫作香格里老挝的老挝象营网页的。当我在它的首页，读到一个叫保罗·奈斯的法国探险家在 1883 年所写下的一段日记后，我便决定要去那里，我要住在丛林的帐篷里，我要去那里骑象穿过丛林，我要去那里做两天象夫，我要去那里让我的听力同时习惯大象的呜呜叫声和黑夜所能赋予的最大可能的寂静之声。

奈斯博士在他筋疲力竭的一天丛林探索后，坐在自己的帐篷中如此写道："在夜里，老挝丛林的声音和其他的地方有所不同。林林总总的声音填满了这里的夜晚，为此地平添神秘。在老挝的丛林营帐里度过一段时间，让这些自然的声音围绕着你，还有那些帆布的墙，会对我们所有的感官产生一定的魔力。从我们日常的喧嚷生活中挣脱而出，我们的听力重新又充满了警觉：因为我们毕竟还不习惯大象呜呜的叫声；或者如此浓厚的黑夜所能降临在这里的深重的静默。"

1882 年 12 月，奈斯博士从金边附近的桔井沿湄公河而上，他受当时的法属交趾支那总督的委托，前往了解发生在琅勃拉邦和越南东京间的骚乱。他在琅勃拉邦待了 8 个月，然后就在次年 8 月，他搭乘一艘小船，决定探索一下这个叫南康河流域的神秘地带。两周以后，他抵达华晒山谷。

大约 126 年后，一个叫马克斯·佩舍克的德国人被奈斯先生的探险日记所打动，1999 年，这个厌倦了政府工作的德国人辞职来到老挝，他先在华晒山谷创建了大象拯救中心，然后在 2011 年，在奈斯先生当年搭建帐篷的相同地点，建立了这个叫作香格里老挝的探险营地。香格里老挝不是香格里拉，但主人希望听到这个名字的人，会怀有当你听到香格里拉时所抱的相同愿景：那是一个在消失的地平线的世外桃源。

当然，它并没有香格里拉隐藏得那么深，这个老挝的香格里拉（让我们权且将其称为香格里老挝吧！）距离琅勃拉邦 15 公里，它稳妥地将自己安置在一个叫香龙村的小村后的山谷里，从琅勃拉邦市区行车大约半小时，你便有机会追随奈斯先生 1883 年古老的脚步，用大象、徒步和竹筏的方式穿行在那个山谷里依然安静的溪涧和同样浓密的丛林间。而德国人和他的泰国妻子，就住在香格里老挝营地对面的高山顶上。他留了一整个车库的古董车在营地里，是 20 世纪 50~60 年代的老奔驰、别克、克莱斯勒、欧宝和路虎，都是他从庙里或者废料场里淘来重新翻修的，这些车有的曾被老挝王子用过，有的曾是老挝王室的座驾，那辆欧宝曾经被用来作为运送亡者火化的专用车，它是佩舍克先生刚到老挝创业时的专用车，显然，它给德国人带来了一定的好运气，让他和老挝政府艰难的合作取得了成功。

锡色天空，石棉云笼罩下的象营·

从琅勃拉邦老城出发，大约半个小时的乡间公路，我们从一条狭窄的道路进入营地。不用司机提醒，我知道已经抵达，在一个莲花尚未盛开的黄泥色的池塘边，在老挝特有的，英国作家杰夫·戴尔笔下的"锡色的天空，石棉般的云"下，有一头大象缓缓踱过泥泞的小径，好像你在城市的街道不免撞见的视人于无形的猫咪或狗。戴尔先生曾经描述老挝的空气有"一种充满了能量的倦怠"，那么

A HUNDRED
WAYS
TO WAKE UP

悉心照料大象的象夫

从这里就进入象营了

这样的空气笼罩下的大象也有一种这样的活跃的倦怠。

香格里老挝的象营现有十头这样的大象，外加一头经过母亲怀孕 24 个月后产出的象宝宝，它们都是从伐木业中被拯救出来的亚洲象。亚洲曾有百万头大象，但野生动物基金组织早已将其列为濒临灭绝的动物，现在整个亚洲只有 20000~25000 头亚洲象，其中大约有 2000 头生活在老挝。对于寿命通常可以达到八九十岁的老挝大象，它们中的不少可能幸存于越战战火，并幸运地躲过了战后埋在地下的地雷，如果是雄象的话，在 1989 年国际象牙贸易禁令颁布前，它们还得躲着那些猎象牙人，不过它们最后多半还是躲不了给人捉了去，为伐木业充当运输工具的厄运。这些超时超重的劳作，再加铁锁链加身的虐待，往往令它们遍体鳞伤。

现在，这些从伐木业中被拯救出来的大象在它们的新家过着非常规律的生活：清晨去河边沐浴，8:00~14:00 工作，也就是带着游客前往丛林漫步，并借此机会在森林觅食，大自然依然是它们获取食物的主要来源，下班后，它们会继续进食各种象营为它们准备的小食水果等。毕竟，它们是每天需要花 14~18 小时进食的动物，250 公斤的食物和 200 升的水的摄入都需要时间。

纯粹的大象保护者并不鼓励骑大象，不过如果骑在大象的头颈（你的双脚会歇在其耳朵后那个部位），就好像那些象夫那样，则并不会对得到充分休息和营养的大象造成伤害。而一般供游客乘坐的大象，通常会在背上安上象轿，一头成年大象可以在背上承受 150 公斤的重量，象轿达 100 公斤的自重再加上两个成年人的话，就很有可能会超过大象所能承受的极限。

在未来两天里，我将尝试做一个驯象人的学徒。我的老挝驯象师傅叫 Yod，是个 6 岁开始就和大象耳鬓厮磨的老挝北方人，他曾在伐木业干了 17 年，就在大象被陆续从这个残酷的工业中解救出来后，一些象夫也获得了新的职业。比如 Yod 先生，他已经在这个大象拯救中心工作了 13 年。我的这头大象的名字叫 "Mae Khan"，就是 "千金小姐" 的意思，起名字的人希望这头大象能够为自己带来很多的金子。Yod 先生说他和这头大象相处 25 年了！我说那就好像女儿般咯！他说，"嗯，事实是她还比我大两岁啊！"我连忙改口道，"哦，原来是老婆！""对对，那是我的第二个老婆！"

我得学会怎样像 Yod 一样地骑在他的"第二个老婆"的颈脖上在丛林和溪涧漫步，给它喂食，为它洗澡，并适时地安抚它。对，大象和 Yod 的第一个老婆一样，都喜欢温柔的抚摸。

和万斤重的千金小姐的林间漫步 ·

10:15，Yod 先生牵着重达万斤的千金小姐和我出发。对于新手，Yod 还是让我登上一个二层的塔楼，从那里直接爬上象背。骑在大象脖子上并没有想象中的难受，当然我是说你如果适应了那些硬硬的象毛想方设法要穿过你长裤的针织面料，撩拨你的大腿内侧的话。次日，我索性穿短裤，让肌肤和大象的头颈直接接触，我不得不说，有时毫不设防反而比遮遮掩掩要舒服多了！

一天的活动从丛林骑象开始。我们需要花大约一个半小时的时间穿过茂密的丛林，一路上是高大苍翠的阔叶林和山区的常绿树林和灌木，还有一种适合做家具的柚木。老挝北部山区来的土著一样的象夫一路时而嘹亮的土话山歌（给自己听的），时而模仿鸟叫般地和其他象夫远距离地沟通（给同伴听的），时而又迅速切换到近乎带着美国口音的英语："It's perfect! Faster, faster! Good girl！"（太完美了！快些，再快些！好姑娘！）（给客人听的）并娴熟地用你的 iPhone 时而录像时而特写地给你拍一串照片（当中还夹杂有两三张意味深长的只有两片芭蕉叶或一棵苍凉的树的空镜头照片）。Yod 说上班好开心，因为和自己的第二个老婆在一起，即使一年没有什么假期也无所谓。他父母在北部还有一头年近半百的象，他说家里有汽车有什么稀奇，大象可以用八九十年，才更实惠！我好奇地向他请教了大象价钱，他说三四万美元吧，在老挝就可以买好几块地盖好几个房子好好过日子了。所以 Yod 先生是有家象的人啊。

我在给大象喂食（Tha/ 摄）

清晨第一件事给大象洗澡（Tha/ 摄）

A HUNDRED
WAYS
TO WAKE UP

丛林里象夫的简单午餐

　　从林骑行一个半小时左右，我们真正阔步到了一片开阔的田野地带，那里有刚刚收割过的稻田，有用来酿酒的高粱地，我们从比人高的高粱地里穿过，一马平川的旷野赫然有一棵极其高大的树，树旁有木梯，是供养蜂人用的。而那棵树以外，就是远方起伏的南诺山峦。象夫们不再理会你，或者也无暇唱山歌，他们开始忙着在田野里采摘野菜，而那些野菜，很快就会出现在他们当作午餐的汤里。

　　午餐所在地，在一片颜色如绿松石般的池塘边上。大象们散开觅食，而我的午餐地点则涉及 10 分钟的泥泞跋涉。还未闻到饭香，率先听到的却是雄壮的瀑布声，循着瀑布声，你才发现瀑布对面四五米远处的溪涧上，竟然有个凉棚，而你的午餐：红酒、蔬菜色拉、猪肉茄子和牛肉 laap（一种用切碎的牛肉拌上鱼露、薄荷叶、烤米粉和辣椒酱做成的老挝特色沙拉），盛装在瓷盘上，除了老挝的糯米按照规矩是用手来抓着吃的，其余则是刀叉，一如奈斯博士的探险日志中所描述的他当时在溪涧边的那场午餐："你简直可以想象自己是在一个热带植物园里用着丰盛的午餐，他们还在那里给你搭了一个棚子……我接受了他们丰盛的午餐，为了这个特殊场合，他们甚至还开了最后一瓶红酒，我们也在这里第一次用了刀叉……"

　　当然，我也邀请自己尝了象夫们用他们在路边捡的野菜，埋锅现煮出来的汤和他们自带的午餐，都盛装在食品塑料袋里，有颜色青黑的辣酱和颜色发黑的炒蛋，用糯米蘸着它们来吃，就是象夫们丰简随意的山间一餐。那天的终点是继续沿着华晒溪涧徒步直到那个叫达塞瀑布的地方。那些被依然激烈的山泉前赴后继冲击着的喀斯特溶岩，静心静气地看来，好像一碟碟铺满山涧的焦糖布丁，只是它面上的颜色，不是焦糖色，而是更具审美意象的淡翡翠色。

香龙村的黄昏和马戏团帐篷般的夜晚·

　　从入住香格里老挝的第一天，就有一个叫 Tha 的老挝小伙子陪同翻译。暮色将至时，我散步到香格里老挝门口，象夫正在做象轿，

Tha 也在那里看着。不少象夫和象营里的工作人员都住在紧邻的香龙村里。Tha 主动邀约说："我们到村子里走一走吧。"

Tha 是个总是微笑着，嘴唇的颜色是成熟的桑椹色，而笑起来只有一个酒窝的老挝男青年，他看上去好像是个很公事公办讲求原则的人，而内心又是热心而好奇的，他很谨慎地将它表达出来，除非当他对你建立了一定的信任。虽然是农村出来的，但依然带着浓烈的书卷气和教养。他在 15 岁时，像不少老挝男孩子一样进寺庙当过两年沙弥，然后因为喜欢读书，想上大学，他不得不离开寺庙。他说在庙里的日子，最重要的是让他学会了怎样去敬重。他大学毕业，现在正在读有关法律的夜校，将来想做律师，如果有可能，最好能出国留个学什么的。我好奇地问，去哪个国家呢？他说越南，那里的文凭在老挝吃香，你们中国太贵了。他很有礼貌，在老挝，凡是曾在寺庙出过家的男孩子的英语和风貌都很好，他总是习惯性地对你说的话是：Sure, Sure（把那个 sh 的音发成 S），而说菩萨"Buddha"这个单词时，第一个音节 Bu 总是拖得很长。

村口学校的操场上，学生在玩藤球。村子深处，小伙子们聚拢在一起玩滚球，那种在法国小镇里经常看到老头儿在村口一起玩的西洋游戏。不论是踢藤球还是玩滚球，大家也就是赌几瓶啤酒而已，他们一边玩耍，一边大声地歌唱，对于老挝男人来说，啤酒和 K 歌是生命中很重要的两宗事，就好像女人的煮饭和拜佛。村子里尚没有通煤气或天然气，煮饭、取暖都靠木炭。大多数村民家都是灯光昏沉，唯有一家人灯火通明，男主人甚至在捣鼓着手提电脑，让正在播放着的卡拉 OK MTV 投影到墙上，好配合他们即将开始的晚餐。客人中有两个外国女孩子，她们是来这里寄宿的，也就是在村里过一夜本地人的生活。男主人在琅勃拉邦城里教书，算是时髦人。每个曾经封闭的地方总有那些率先跃跃欲试和外国人打交道的人，他们就此成为引领风尚和先富起来的人。而这里的一切，也都是在近五年里才开始飞速变化起来的，这里在十年前还没有通电呢。老挝预计在 2020 年将摆脱穷困。Tha 这代的老挝人将是亲身经历这天翻地覆变化的一代，就好像我们中国的"70 后"一代一样，因此是幸运的，但也是容易迷惘和惆怅的。

当然，即便家有手提电脑和投影机，老挝人家的菜依旧是相当清简的：四个小菜，满目皆绿，青菜汤，炒青菜，茄子似的东西，青菜炒肉丝，还有一小碗辣椒，让我一出门就立刻向隔壁人家开的一个小烧烤铺买了六串冒着热油的鸡心、鸡胗。我分了一半给 Tha。我们一边散步，一边则听听这个年轻人向我解释老挝高地人和低地人的宗教信仰的区别、他的家人和他的童年、他的理想和他在庙里做沙弥时的种种事，即使是琐事，在我听来都带着异域的迷人气息。他戴着一条老挝人手腕上都会戴的祈福的棉绳手环 Basi，黄橙相间，干净而亮。我问起是谁给的，他说是他的"妈妈"编的，那是一个他以前做沙弥时，经常照顾他的老尼姑，他说老人家也教给他很多和尚无法教的人生教义。她已经 87 岁了，"我对她好像妈妈一样，我叫她'mother'。"

今夜，香格里老挝的三个帐篷只有我那间有人住。我所在的 1 号帐篷的名字叫作"Inspiration"，也就是灵感，这个帐篷是为了纪念奈斯博士而建的。晚上，将布满房间一周的窗帘都拉上，就俨然是一顶带着圆锥顶的帐篷，而那腥红色，就好像是马戏团要开始演出了！我开始做一天的笔记，好像回到了 1885 年 9 月 12 日，奈斯博士在那天的日记中如此写道："夜幕降临，被灵感所激发着，我开始做起了笔记。"

而我此刻正坐在相仿的书桌前，在万籁寂静中，我不得不被飞速地带回到了那个属于探险者的浪漫时代，那些殖民宗主国来的冒险者分布在当时那些在世界上尚且籍籍无名的村落、山谷、海峡、森林里，正享受着默默发现的乐趣。但那些硕大的在浴缸边缘爬行的蚂蚁，欲图往你蚊帐里跃进的大蚱蜢则又会迅即将你带回此地此刻，随即，你的注意力就被从你的书页上飞掠而过的奇异昆虫的影子所吸引住了，这就是和一个 19 世纪的老人分享丛林边住所的乐趣：你时刻可以不费吹灰之力做一场时空旅行。

在南康河里陪千金小姐沐晨浴·

次日清早，我被露台对岸村子里的高音喇叭所播放的田间劳作助兴民乐叫醒了。不少老挝的乡村依然靠这种集体广播充当着公众闹钟的功能。来到露台，琅勃拉邦省终于放晴了。河上有金色的法令花纹，有驯象人清亮的山歌声从脚下传来，想起 Tha 前夜里说过的，明天起床只要在露台上看到南康河里有大象，就去找他，然后他带我去给大象洗澡。

我穿过草丛，叫醒了正在大堂沙发上打着盹的 Tha，他身上盖着书，好像一夜就这么读着读着就睡在了那里一样。他带我到了河边，我顺利地攀到了千金小姐的脖子上，千金小姐带我来到河水中央，河水此时到它的半身处，正是你能想象到的舒适的盆浴的高度。我用硬鬃毛刷子开始卖力刷起它的周身，然后象夫 Yod 先生用英语大叫了一声"shower"（淋浴），顿时大象鼻子变成了冲凉花洒，千金小姐的象鼻子吸足了河水，高高仰起，正对着我的头顶心时，它开始沉着释放，结结实实地给我冲了一个凉！本来是我在洗千金小姐的，结果被千金小姐洗了不少次，总之 Yod 先生看到我在稀里哗啦乱叫时，可是乐坏了，一个劲地用他近乎骄傲的带美音的英语继续指示："More! More! Good girl!"（再多点，再多点，好女孩！）结果他的"好女孩"将我淋成了落汤鸡，既免了我早晨的冲凉，也领教了老挝会讲双语的大象的厉害。

骑着大象回到它的宿舍区。在本人饥肠辘辘的前提下，先扛来甘蔗喂大象。然后学会和大象进行简单的沟通，可以通过口头或者肢体语言：嘴里嚷嚷"Pie Pie"，就是让它前进，如果骑在大象上，你也可以双膝放松，上身前倾，用双脚轻拍象身表示同样的意思；"How How"就是停止，也可以上身后仰，双膝夹紧，再进一步学会"Sai Sai"和"Kwa Kwa"，就是左转和右转，你便可以上路了。不过最喜感的口令则是"Map Map"，那头庞然大物听到这个指令，会在猝不及防间，给你跪下。而最最重要的则是对你的大象说这句话："Kop Chai Lye Lye"，老挝语非常感谢的意思，如果你边说，肢体语言随之奉上一串香蕉，它们就更能感受到你的诚意。

在大象宿舍正对面，是一个大象医院。墙上挂着一溜显示十头大象健康状况的表格。象医每天在这里当值，早晨 7:00 开始为每头大象做例行检查，象医说观察眼睛和闻它的鼻子有无异味是了解其身体状况的最快方法，一般这里的大象养尊处优，积食是常见的毛病。他指着一头在角落里孤零零站着的大象说，这是一头新营救下来的大象，我才注意到它身上涂着紫药水，医生说，在每天 250 公斤食物的喂养之下，它已经渐渐恢复元气。

香格里老挝的两天一夜结束，就在我以为我游老挝的本地经历已经画上圆满句号时，要送我回城的 Tha 说："我今天回城，会去我以前出家的庙里，看望那个照顾我的老尼姑，我已经一个多月没有去了。老尼姑已经有些糊涂，每次我去她都认不出我，都要我提醒，然后她就很开心地说，'你来啦！'你要和我一起去吗？"

一场伤感而温柔的回访·

就这样，我跟随 Tha 来到琅勃拉邦城郊边缘，一个叫作 Baya Tip 的寺庙。此刻我们就站在他十年前出家的庙里，在那里，他度过两年的修行时光，传承佛法，修习禅定以及培育观智，在这里学习一种清简的生活方式，午后 12:30 后，他们就不得再进食了，直到次日起床。这对在生长发育期的小沙弥来说非常痛苦，也让他们在少年期就学会克制来自身体的自然欲望。

那些晾晒在寺院里的橙色僧袍或者杏黄色腰带，把琅勃拉邦的晴空染成了老挝的丝绸色。微风渐渐熨平了料子上的皱纹，树叶在布面上刻下一簇一簇的戳记，是日痕心影，也是俗世压上了枝丫。他指给我看庙里的暮鼓晨钟，放亡人骨灰的佛塔，火化客死异乡人的焚炉，还有他曾经的宿舍：两层楼的砖房，一楼是沙弥住，两三个人一间，楼上是和尚住，一人一间。

我们来到一个貌似刚修缮好的房子前，他说他的"妈妈"就住

A HUNDRED
WAYS
TO WAKE UP

琅勃拉邦的寺庙

我所住的帐篷内部

在这里。我们在门口张望了一下，可是屋子里只有另外一个老尼姑，Tha 的"妈妈"不在。老尼姑让我们进屋，"妈妈"的被子被卷在了一起，显示这个人已不在这里住，但睡榻边依然堆放着她的生活杂物，睡榻上方的墙上空留一张"妈妈"的照片，因为没有头发，有些男女莫辨，是一个日渐萎缩的老人所能显示出来的最后的清矍。Tha 告诉我，室友老尼姑说，"妈妈"不在，她病得很重，被送回家里治病去了。

老尼姑室友问了 Tha 我是谁，然后拿起手边的一个纸盒子，挑了一根她在闲暇时编织的，经过和尚祈福的 Basi 手绳，为我系上。然后她就一直和 Tha 絮絮叨叨地说着话，我全然不懂，但我希望那一刻是可以一直延伸下去的，因为我喜欢他们说话的声音和节奏："呐呐呐呐呐呐呐呐呐""嗯嗯嗯""呐呐呐呐呐呐呐呐呐""嗯嗯嗯"，好像乐曲里，那徐步而行的行板，散布的都是稍缓而隐含优雅的情绪，大致在说着 Tha 的"妈妈"的病况。

我打量着房间，老尼姑的墙上挂着一张出家后的照片，还有一张是出家前的，当年她是卷头发，年轻时颇有些妖媚，它们就并排地挂着，好像前世和今生的告白。房间里有一台便携式 DVD 机，并且正在播放着什么，还有一台天蓝色冰箱、一台蝴蝶牌缝纫机和双喜牌热水瓶。最后，谈话结束，Tha 双手合十在胸，然后匍匐着，对老尼姑实施顶礼，拜了三拜。我们起身告辞。

就在我离开老挝后的第 5 个月，我收到了 Tha 的一封电邮。电邮中的英文多有语法或者拼写错误，但意思看明白了。他说，"很抱歉，很久没有回你的信。我很想告诉你一件事。不知你是否记得？在我们两天的香格里老挝象营活动结束后，我们在回琅勃拉邦的路上去的那个庙里？记得那个给你系上 Basi 手绳的老尼姑吗？我想让你知道，她上个月去世了。但我的'妈妈'的身体倒正在复原之中。"

亲爱的 Tha, 我当然记得。那条白色的 Basi 一直在我的左手腕上，这个戴了半年的绳结在渐渐发黑，在一点点变细，它在最大程度上，帮助我挽留那段难忘的香格里老挝时光，也让我谨记人生无常和人情有暖。

下榻：

1. 香格里老挝（Shangri-Lao）：坐落在琅勃拉邦附近的大象营，让你骑着大象重温 19 世纪法国探险者保罗·奈斯博士在老挝丛林的探险，他们提供从琅勃拉邦酒店前往象营的班车服务。两天一夜大象营体验包括帐篷住宿和早、午、晚餐各一顿以及大象训练，人均 409 美元起。
www.shangri-lao.com

2. 达拉布华豪宅酒店（Maison Dalabua）：位于琅勃拉邦的一家精致的精品酒店，其内部陈设展示着老挝山区人民的手工艺——纺织技艺，而庭院里的荷花池也让它充满宁静的东南亚气息。
maison-dalabua.com

停驻：

1. 老挝适合旅游的时节：每年旅游黄金季节是 12 月～次年 2 月，3 月~5 月开始炎热干燥，5 月~8 月是雨季。在老挝，如果你对户外探险活动感兴趣，可以访问 Tiger Trail 网站（www.laos-adventures.com），这是老挝颇有质量的提供各种户外探险活动的公司，在琅勃拉邦设有门市，可为你提供各种老挝户外旅行方案。

2. 罗望子餐馆（Tamarind）：位于琅勃拉邦镇中心的罗望子餐馆不仅提供出色的老挝特色食物，也有从市场采购到做菜及分享的烹饪课程，曾被 gourmet.com 列为世界最佳烹饪课程之一。www.tamarindlaos.com

没有明天的
萨拉热窝酒店

HOTEL HOLIDAY SARAJEVO

国家 波黑
城市 萨拉热窝
住宿 萨拉热窝假日酒店
特色 历经光荣、伤痛和衰败的国家地标，如今行
将倒闭

　　我是乘坐火车从波黑共和国南方的历史名城莫斯塔尔抵达萨拉热窝的。火车在内雷特瓦河谷穿行 3 个小时 45 分钟，最终抵达萨拉热窝的中央车站。那辆拥有波斯尼亚蓝和波斯尼亚黄相间的车皮、始终有卷烟在车厢燃烧的老火车，没有辜负萨拉热窝小伙子欧文的介绍，他在电邮里告诉我，"据说这是欧洲最美的铁路线路之一"。

　　这一路火车之行的确有山谷、有瀑布、有晨雾、有水坝、有田野和怒放其上的野花，有因为《内雷特瓦河战役》这部电影而让人心生亲近的内雷特瓦河暗绿色的河水，还有同车厢两个本来互不认识的波黑大叔连续近 4 个小时的闲聊，他们一手夹着香烟，一手握着一个用来掸烟灰的啤酒罐，从头到尾没有换过动作。火车也沾染了那种战后波黑人特有的倦怠和力不从心，一路走得并不畅快，但它也不会让人产生焦躁之心，毕竟你不是到这里公干的，一切不便利对你来说，都是某种旅行探奇的异趣。

在"一战"爆发一百周年时抵达萨拉热窝·

那是 2014 年的夏天。虽然并没有刻意为之，但我的确凑巧地赶上了"一战"爆发一百周年的纪念，就在萨拉热窝拉丁桥对面的那个街角，1914 年 6 月 28 日，奥匈帝国的弗朗茨·斐迪南大公和他的妻子苏菲在这里被一个叫作普林西普的塞尔维亚民族主义者刺杀，这一事件促进了当时脆弱的欧洲秩序的崩溃，导致了那一场断送整整一代欧洲青年人花前月下甜美生活的第一次世界大战的爆发。

就在 6 月 28 日正午时分，萨拉热窝的罗马天主教大教堂的钟声在城市的上空齐鸣，以纪念刺杀发生的时刻；1992 年遭塞族士兵烧毁的国家图书馆，历经 18 年漫长的修复终将重新开放，日落时有一场维也纳爱乐乐团的音乐会将在这里开幕，这是纪念活动的核心环节。而这个城市的广大穆斯林市民，则更关注另一个本日重大事件：他们的伊斯兰教长在清真寺的宣礼楼上遥望天空，他在等待着看到纤细的新月，好宣布 2014 年穆斯林的斋月正式开始。对于这个城市的穆斯林来说，也许那场刺杀事件更合适的纪念者应该是那些塞尔维亚人，毕竟普林西普是塞族人。

事实上，波斯尼亚的塞尔维亚人当时的确已经在位于萨拉热窝东南方约 110 公里的维谢格拉德，为普林西普及其同谋者举行了多场纪念活动，他们甚至还在那里重演了那场刺杀。在内战结束了 18 年之后，波黑的穆斯林族（约占总人口的 43.5%）、信奉东正教的塞尔维亚族（约占总人口的 31.2%）和信奉天主教的克罗地亚族（约占总人口的 17.4%）依然存在着难以愈合的缝隙，不管以奉上帝还是安拉为主，他们都长着差不多的斯拉夫面孔。这是一个拥有两个实体、三个立宪民族的国家，十几个政府机关和议事机构都根据宗教派别的差别选举产生，虽然大家在复杂的政治架构下，勉强保持着表面的相安无事，但你内心明白，这是一块重新拼凑起来的破镜，波黑联邦和塞族共和国之间那道歪歪扭扭的裂缝依然有可能扎破你的手。那个在美国代顿签订的，旨在重建一个统一的波黑国家的《代顿协议》，只是一个粘在玻璃裂缝上的，渐渐脱落的透明胶。

我要住在一个非常奇怪的地方·

萨拉热窝的夏天时而就会下雨，不热，很多时候会有看到太阳雨的机会，也让你抬起头，时不时就能看到天边有挂彩虹。在制高点"黄色城堡"俯瞰这个处于河谷中的城市，你可以理解在萨拉热窝围城中，它的市民不得不好像瓮中之鳖一样，被塞族军队牢牢地扎在这个山谷之中的盆地里的绝望。不久前还是同室的塞族兄弟们割断了穆族的水、电、通信、食物和汽油的供应，然后在远远的山梁上看着曾经的手足做垂死的挣扎。在这样的城市制高点，你很难跳得过那些爬满斜坡的雪白的坟墓，密密麻麻，比老城的古老建筑更为密集，不少安息在这里的人都阵亡于那场"离开南斯拉夫"的战争。清真寺尖尖的宣礼塔和萨拉热窝的母亲河米里雅茨河安静地绕过这些坟墓。

我这次要住在一个非常奇怪的地方，一个我通常在旅行时不会去住的那种大型商务酒店，但我这次却决定下榻的萨拉热窝的假日酒店。看这家酒店在 booking.com 上的评价饶有趣味，让你恍然觉得它从来没有从 20 多年前的围城困境中走出来。1992 年 4 月 6 日，萨拉热窝这个古老的城市揭开了现当代战争史上最长的围城战役的第一幕，战火在这个城市曾经的荣光——萨拉热窝假日酒店前燃起，它最终持续了近 4 年，比"二战"史上悲壮的列宁格勒围城的 872 天还多了 553 天。最终，冰冷的战争史统计数据告诉你，大约有 1.15 万名萨拉热窝人在围城战中丧生。在内战中，这个酒店是外国记者的新闻中心，有关于波黑内战的令人沮丧的消息，大多都是通过这栋外形奇怪、色彩跳跃的大楼传向世界各个角落。

让我们回到 20 多年后的 booking.com 上的萨拉热窝假日酒店，阅读来自世界各个角落的访客对它的评价。那些阿尔巴尼亚、多哈、

萨拉热窝市景

A HUNDRED
WAYS
TO WAKE UP

战时的萨拉热窝地图，红线为塞族对萨拉热窝的围城线，坦克车下奥运五环处就是萨拉热窝假日酒店

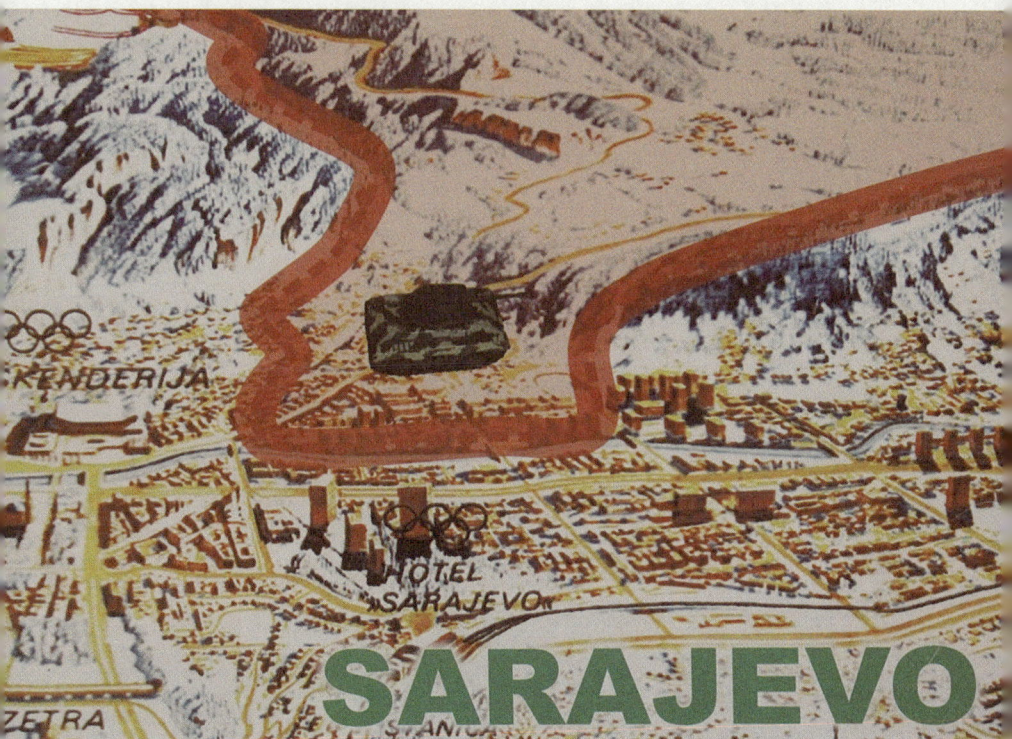

KENDERIJA

HOTEL
SARAJEVO

ZETRA

SARAJEVO

波黑、德国等地的旅客都毫不犹豫地给了它"令人失望""差"的评分。有个叫"Ivana0700"的客人为自己写的酒店差评短文起了一个颇为诗意的名字："如果你想为你的生命增添忧伤，待在这个酒店吧。"阿尔巴尼亚客人说，"我十年前住过这里，一切都没有变，除了价格！"有个来自日本的单身旅行者倒是给了一个稍微高调一点的评分："令人愉快的"，他在 2014 年 2 月 7 日留下的评价如是说："它和我在电视里看到的战争时的样子完全一致。我觉得值得到那里住一遭。"

这些"一切都没有变"的评价让我毫不犹豫点击了订房键，因为它无形中拥有了博物馆的存物性质。这个酒店一晚得花费110美元，这在萨拉热窝属于一笔大支出，你完全可以用相同的钱住在城里其他的五星级高级酒店。这的确是一个非常不正常的酒店，我们的"无所不知"先生欧文听说了我的酒店选择后，当即在电邮里诧异地反问："难道它又重新开门啦？"

原来就在那个留下了"令人愉快"评价的日本客人离去没多久，这家酒店员工便罢工了，他们自 2013 年 10 月开始就没有收到过工资。当我走进酒店大堂，在大堂迎接我的第一张公告牌并非"欢迎您的光临"，而是一张银行发来的破产公告，我并没有大吃一惊。公告的有效期开始于 2014 年 6 月 9 日，公告旁还有一张员工开会通知，这些 5 月才刚刚复工上班的员工显然需要开会商量对策。酒店的一半员工已在上周遭遭散，这些幸存的员工决定自发组织一次会议，他们希望捍卫自己的权利。

此"假日酒店"早非彼"假日酒店"·

2014 年的萨拉热窝，除了"一战"爆发一百周年引人投注视线外，还有另外一个更让萨拉热窝人值得骄傲的大纪念日，那就是 30 年前的冬季奥运会。冬季奥运会的骄傲和波斯尼亚内战的伤痛都同时写在这个城中心深芥末黄色的现代建筑身上。酒店的外墙依然还挂着它曾经的名字：Holiday Inn Sarajevo（萨拉热窝假日酒店），但是你无法在假日酒店的官方网站上找到这家位于萨拉热窝的连锁店，因为它们已经很久无力支付特许加盟费，早就被假日酒店摘牌了。于是酒店管理层决定换汤不换药地把自己任命为 Holiday Hotel，用中文翻译的话，它依然还是叫作萨拉热窝假日酒店。

对于一个曾经很豪华的、连不少国际政要都下榻过的国际商务酒店来说，它的大堂实在是太冷清了，我进门的大上午，只有两个客人在大堂咖啡吧窃窃私语着，丝毫没有一个首都在 7 月应有的游人如织的气氛。它的大堂相当宽敞而高亮，带着社会主义国家摩登建筑特有的排场和让人心胸开阔起来的空间感。大堂的扶手椅似曾相识，它拷贝自法国殿堂级的设计师皮埃尔·宝兰在 20 世纪 70 年代，为爱迪佛脱（Artifort）设计的 Groovy Armchair（时髦的扶手椅），原件为 2500 美元。酒店的二楼有一个小具魔幻现实主义的咖啡吧，咖啡吧的顶篷从高空悬挂下来，好像一个大型的马戏团帐篷。

这个酒店是波斯尼亚建筑师伊凡·创司的得意之作，他用这个赭红色和芥末黄相拼，有点像乐高积木拼成的酒店外观，以及好像搭了马戏帐篷的巴扎一样的大堂酒吧向现代主义的设计原则以及萨拉热窝老城致敬。酒店光怪陆离的面目在当时引发了一些争议，但依然没有撼动这栋建筑及它所代表的时髦生活方式的地位，能在那里工作，在 20 世纪 80 年代，是一种至高无上的荣誉。

大堂酒吧的陈设现在看来，隐隐有内省歌厅的感觉。当它还是假日酒店时制作的"Lobby Bar"（大堂酒吧）的醒目铜字招牌还没有摘掉，酒店外墙上，甚至依然还挂着假日酒店的招牌和这家连锁酒店的风火轮一样旋转的太阳标识，因为酒店无力支付摘除这些标牌的费用。自然也会有那些从欧美来的旅行者上当，他们是冲着这个熟悉的假日酒店的名字而来的，当他们步入空荡荡的大堂，发现这个假日酒店并非那个假日酒店时，往往气呼呼地坐在大堂里，用免费 Wi-Fi 搜索好附近其他的正宗的商务酒店，头也不回地走了。坐落在不远处的美国领事馆商务处的官员扬言：我们会密切关注这个酒店的，因为我们得保护美国商家的权益。

酒店工作了 30 年的大叔

酒店门口外墙，Holiday Inn 犹在，
尽管它早已不属于这个酒店旗下

A HUNDRED
WAYS
TO WAKE UP

假日酒店战前战后的对比明信片

假日酒店曾经的野心，已经被收进了 1984 年的酒柜里·

在过时的假日酒店标牌下，依然还有对这个城市来说，永不过时的奥运五环和 1984 年奥运会的会标，它们都被深深嵌刻在酒店外墙的水泥里，难以磨灭，就好像萨拉热窝人对那场国际体育盛会的执着回忆。1984 年的那场冬季奥运会是这个城市很多年的骄傲，它成功地营造了一个冬季的奇境地。直到现在，当你遇到一个 40 岁以上的壮年波黑男子，他可能向你回忆在 1992~1996 年内战期间当兵作战的经历，但他也会不吝分享 1984 年那场冬季奥运会，自己是如何跟着大人想方设法蹭看一场场冰雪上的扣人心弦的竞技。

曾经的野心已经被这些无所事事的老服务员们擦得锃亮，收进了 1984 年的酒柜里。那是这个城市、这个国家在分崩离析前笑容残存的年代，南斯拉夫社会主义联邦共和国尚且以 "七条国界、六个共和国、五个民族、四种语言、三种宗教、二种文字、一个国家" 的文字游戏向世界呈现它复杂又和谐的面貌。铁托当时已然辞世 4 年，南斯拉夫经济上开始呈现困境，外国游客数目明显减少，这个社会主义国家中的标杆迫切需要这场国际赛事来重振喀尔巴仟山雄鹰的双翅，证明自己依然是拥有最接近资本主义自由生活方式的社会主义美满大家庭。

这个假日酒店作为第一个在东欧落成的美国连锁酒店，成为 1984 年冬季奥运会的象征。伊凡·创司设计它的时候，没有想到 8 年后，内战的第一枪就在它面前打响：1992 年 4 月 6 日，十万群众正在进行和平示威游行，突然有狙击手放枪射击，而子弹袭来的方向正来自假日酒店，当时的塞族共和国总统卡拉季奇所属的塞尔维亚民主党的总部就在该酒店，事后警察从酒店逮捕了 6 个人，他们穿着防弹衣，其中包括卡拉季奇的私人保镖。这个以前只是在萨拉热窝医院帮人混病假的心理医生就此走上历史舞台，开始迈出他涉及种族灭绝和战争罪行的第一步。建筑师创司先生同样也不会想到，假日酒店会从曾经的奥运媒体中心变成内战时的国际记者新闻中心，他也更不会想到在迎来开业 20 周年庆祝的 2014 年，假日酒店会收到来自银行的破产通知书。

我在大堂，随手拍摄那个马戏团一样的酒吧顶篷。有一个短头发男孩子一般神气的姑娘冲上来，用美式英语问我："能不能请问一下，你为何会对这个酒店感兴趣？"原来，这里固然有当场拖着行李就仓皇而逃的游客，却也有像我这样慕名而来的人，甚至还有对像我那样慕名而来的人感兴趣的人。我们交换了名字，她叫丹妮尔，来自底特律，是一个教设计的大学老师，她和她在耶鲁大学攻读设计硕士学位时认识的另两个同学，来自纽约的娜塔莎和来自克罗地亚萨格勒布的拉娜，一起在写一本有关于这家假日酒店的书，她们已经在这里待了不少时间。她们希望在假日酒店停止呼吸之前，记录下这个历经光荣和衰败的前共和国地标的一生。

丹妮尔的伙伴，克罗地亚人拉娜懂波黑语，她被允许参加员工自发召开的那个商讨退路的会议，她们三个外人凭借诚恳热情的态度，博得了员工的信任，尽管银行派来进行暂时接管的经理人依然拒不接受她们的采访。我邀请丹妮尔和娜塔莎到我的房间里坐坐，她们可以拍拍有人住的酒店客房。她们曾经翻过酒店的住客登记本，在这样一个大型酒店里，有时整晚就只有一个客人孤独地睡在那栋大楼里。

我的新朋友们好像刑警取证一样，开拍我的房间·

我们一起走进我的房间。《洛杉矶时报》知名记者芭芭拉·德米写过一本关于她所亲历的萨拉热窝围城的书，名为《洛格维纳街：萨拉热窝生死录》，这本书里如此描述这家酒店："如同其他媒体记者一样，我住在假日酒店，它面南的芥末黄色的玻璃幕墙被从塞族占领的阵线打来的迫击炮弹击碎了，塞族占领区就在河对面，仅隔酒店一英里的地方。"如果你想亲眼看一下当时的景象，除了纪录片外，也可以在那部迈克尔·温特伯顿导演的《欢迎来到萨拉热窝》

的电影里经历。电影里的酒店内部非常昏暗，因为酒店门口堆了很高的沙袋，它好像一个生活设施齐全的战时掩体，客房面街的窗口也必须堆上沙袋，以防止狙击手的冷枪。

我被安排住在南面，因为它的景观更好。在只有三四个客人入住的情况下，他们也不得不竭尽全力给你最好的房间。不过也并不意味着你可以随便挑选房间，事实是你可以挑选的余地更小了，他们只在2楼的禁烟区和4楼的吸烟区各开了几个房间。房间是酒店标间的标准装配，床头有一个自从酒店开业第一天就没有被用过的落地式收音机，在20世纪80年代初期的酒店，这个让你盘踞在床头就可以控制小到灯光、大到呼唤服务员，一般还可以听听收音机的控制台，代表了一种高级的迎宾之道。现在，收音机的暗木面板上的告示"鉴于技术问题，收音机无法正常运作，谨代表管理层，恳请客人接受我们的道歉"，则代表了一种无奈的待客之举。洗手间的马桶浴缸等都是意大利的 Dolomite 牌，吹风机是意大利的 Elite 牌，但浴缸没有装浴帘，一洗澡难免水珠飞溅，最后把手纸都浸湿了。情急之下，我只能用那个意大利的 Elite 牌吹风机紧急吹干一些需要急用的手纸。我的要写书的新朋友们还是颇为兴奋地对于房间的每一个细节都取照留证，好像刑警一样。

从我的房间窗口望出去，视野越过火柴盒式居民楼，便是那种后现代风格的奇形怪状的扭曲玻璃高层建筑，这种安排，在视觉上实现了从社会主义早期到后社会主义时期的时髦建筑巡礼。那栋扭曲建筑高达170多米，叫阿瓦兹扭塔，细长个，你一进入萨拉热窝市区就难以忽略这根好像竖在城市天际线的、拧到一半的深蓝色毛巾。它是波黑阿瓦兹出版集团的总部所在地。据说它的老板——黑山人法赫丁在波黑内战时提着两个塑料袋来到了萨拉热窝，现在这个记者出身的人是整个波黑最富有的商人，这样的人在美国被称为"实现了美国梦的人"，在一个政府低效腐败的国家，当地人则将之简称为"黑手党"。

我想在酒店2楼附设的国家餐厅（National Restaurant）用午餐，我想使用那些印有1984年奥运会标记的餐盘。可是门关着，和这里的游泳池、桑拿房一样，娱乐餐饮设施一个个地关闭了，一部分底楼场所甚至借给了赌场。在萨拉热窝，你已经渐渐习惯了目睹一个个曾经代表荣光的庞然大物是怎样缓慢而义无反顾地走向灭亡，它让你看到显示生命征兆的心率曲线怎样渐渐趋向平缓。不过最后我被告知，明天早上的免费早餐依然在这里供应，这让我长吁了口气。

"萨拉热窝玫瑰"并不象征着爱情或者幸福·

假日酒店前的萨拉热窝的主干道"Zmaja od Bosne"，翻译成中文，大致是"波斯尼亚之龙"的意思，但在内战中，这条龙腾之道拥有一个让你过目难忘的别名：狙击手小道。我没有想到萨拉热窝战争主题游要去的这个狙击手小道就在这条繁忙的主干道上。我记得我只在纪录片里看到过这个大街的特写，银幕上我看到少女们在街上飞奔，长长的围巾在身后飘扬，冒着成为狙击手目标的危险。

我在轻轻勾掉了必去地点清单上的那个"狙击手小道"之行时，想起了旅行作家保罗·索鲁对于发生在前南斯拉夫内战中那些旷日持久围城战的描述："不用步兵攻击，不打游击，甚至不用空中攻击，只是打包围战，就像地中海最古老的战役"。塞尔维亚士兵只是寻找一个山头的制高点，然后就开始向城里开炮或者打冷枪，如果没有击中目标，那么就吓吓人，这与其说是军事行动，还不如说是"无情地执行大规模而持久的侮辱行为"。所以当时萨拉热窝人就说，最好的抵抗方式就是让生活照旧，因此他们甚至还在掩体里进行了"萨拉热窝小姐"的选举，只是穿着泳装的萨拉热窝小姐候选人在舞台上走台步时，举着的横幅上写着的是"不要让他们杀戮我们"。在地下掩体里，萨拉热窝交响乐队照旧在进行着排练。大家尽量照常上班，因为单位里的食物比较有保障。家里可以领到一些西方国家资助的奇怪的食物，要么是标签为1968年的来自越战时期的战备饼干，要么就是些高级的法国矿泉水，甚至还有有机肥皂。还有一种叫ICAR的罐头肉，来自意大利，甚至猫狗也不吃，据说狗吃了

已经关闭很久的波斯尼亚国家博物馆

五环下闲坐的萨拉热窝人

A HUNDRED WAYS TO WAKE UP

历史博物馆里展示的战时居民栖身的地下室

这种罐头肉就身上直掉毛，后来本地艺术家甚至为那种罐头做了一个大型的街头雕塑，带着嘲讽联合国无所作为的意思。

假日酒店门口有个貌似永不喷水的喷水池，从喷水池前往主干道的水泥地上，我找到了一朵"萨拉热窝玫瑰"。所谓的"萨拉热窝玫瑰"，它不象征着爱情或者幸福，在内战围城的 3 年多中，每天平均有 300 多次爆炸发生的萨拉热窝，它只代表了一个事实：塞族军队发射来的迫击炮弹在这里炸开，它在路面狠狠炸出的弹坑的形状，竟然像盛开的花朵。战后，萨拉热窝人在这些弹坑上涂上了红色的树脂颜料，以示纪念。因此，"萨拉热窝玫瑰"是苦涩的回忆。随着时日的久远，这些红色已然渐渐褪色。

"No tomorrow?"　　"No tomorrow."　·

在假日酒店的清晨醒来，窗外竟然下起了太阳雨。太阳奋力刺破极其稠厚的云层，好像种子破土而出，让你不禁慨赞乌云周围的银边可以如此绚烂，而密集的雨幕又仿佛把太阳之弓放射出来的银箭，好像在为这么多天来纠缠着我视线的塞族、克族和穆族之间的宿怨纠葛、前南斯拉夫的光荣和梦想、巴尔干的政治和战争、波黑各个种族家庭的历史和现实配上了一个恰如其分的背景幕布。

假日酒店的早餐馆如预想般空空如也。我在酒店的餐馆徜徉，享受作为此处唯一一个客人的乐趣。我觉得自己好像是战地记者，报道的是这个酒店乃至这个城市和国家所面临的新的战役。餐馆弥漫着某种吸烟房才有的淡淡的烟味。在这里，"非吸烟区"是一个小小的角落，前往吸烟区吃饭才是正经事。

很大的不锈钢自助早餐柜台上只放了三罐酸奶、一篮子面包和一些早餐麦片，好像战时的配给供应。一个老年女服务员和经理一样的男服务员窃窃私语着。这里的员工大都已经在此工作 30 多年，从开业时的盛况到战时的悲壮再到现在的惨淡，他们都只是看在眼里，也懂得荣辱不惊。

50 多岁的服务员雅斯娜在这里贡献了她 30 年的青春，她依然以这种老酒店仅存的引以为傲的资产——周到有礼为我服务。她问我要新鲜的鸡蛋吗？我说好，她给我端上了一盘铺满整个盘子的蛋饼。我问你们有新鲜水果吗？她为难了一下，不过最后还是不知从哪里变出了一个苹果、一个橘子和一根香蕉。

我得继续上路了。阿雅斯娜仔细地为我包好没有吃完的苹果和橘子。他们都在站好最后一班岗。这是我在萨拉热窝假日酒店的最后一天，我得去办退房手续了。

她用简单的英语期期然地问："No tomorrow？"（没有明天吗？）

我有点抱歉又兼具些不舍地说："No tomorrow."（没有明天。）

我突然又想起了那个我前面提起的，化名为"Ivana0700"的愤怒的住店客人，她是以这句话作为她那篇短短四行的酒店差评结尾的，她的言语之间难掩对性价比之低的愤怒，但我依然觉得它颇为诗意：

"黑暗，是该酒店之名。"

A HUNDRED WAYS TO WAKE UP

萨拉热窝假日酒店的饭店标牌歪斜着，生活在继续

萨拉热窝假日酒店外观，门口这条街就是著名的"狙击手小道"

TIPS

下榻：
1. 萨拉热窝假日酒店（Hotel Holiday）终于在 2015 年 6 月关上了大门，别说住店，连在空旷的大堂里喝一杯的机会也没有了，但大家依然可以去它的旧址所在，瞻仰一下这栋独特的南斯拉夫时代的现代建筑，和它前面的"狙击手小道"。
地　址：Zmaja od Bosne 4,Sarajevo 71000,Bosnia and Herzegovina

2. 哈尔瓦特酒店（Halvat Hotel）：离萨拉热窝鸽子广场很近的一个小小的民宿，雅洁可喜，提供温馨温暖的早餐。房费每日 40 欧元左右。
www.halvat.com.ba

停驻：
1. 如果你想对内战期间的波黑人普通家庭生活有深入了解的话，不妨联系 Toorico Tours Day Tours，其创始人欧文的外祖父为铁托战友，其父为波黑独立后第一届民选议员，欧文是个非常尽责的导游，他带你在萨拉热窝及其周边地区进行战争遗迹私人游的时候，会告诉你他个人的内战回忆，并可到他家享用波斯尼亚家庭的一餐。导游语言为英语和西班牙语。
网址：tooricotours.com
邮箱：info@tooricotours.com

2. Gallery 11/07/95：这个位于萨拉热窝老城的画廊展示了 1995 年在斯雷布雷尼察发生的塞族和波黑穆斯林进行内战的图片，也是从侧面了解波黑内战的好教室。
galerija110795.ba

3. Sobe Gospodje Safije：这家位于使馆区的餐馆位于 1910 年的老房子内，是一个奥地利伯爵为一个本地波斯尼亚女子 Safije 所建的，而它的菜系和建筑的历史一样，是欧洲与波斯尼亚的相逢。
www.sarajevo-restaurant.com

住在修道院，
天堂的大门开了一道缝

STITUTO SAINT GIUSEPPE

国家　意大利
城市　威尼斯
住宿　威尼斯运河边一家古老的修道院里
特色　兼具历史厚重、宗教光辉和世俗温暖的安宁
　　　　住宿

　　首先，请查看一下你是否属于以下各类人中的一种。你计划去欧洲旅行，但是你并没有很充裕的预算，但你却仍不想失却旅行的趣味；你是个年轻学生或者女性，需要单身旅行，希望有个安全可靠的住宿；你对客房最大的要求就是安静清洁；你是基督教徒，希望即使在旅途中亦能时时寻到精神庇荫；你喜欢在欧洲旅行时，能住在老城中心，离千年古迹只有几步之遥，甚至干脆就住在千年古迹之中；你喜欢踩着赤土色陶瓦砌成的狭窄小径，呼吸着丛林里散发出来的芝麻植物的香气，一路攀爬到位于山巅的城堡住所；你向往那种仅仅穿过长廊或者庭院，抵达你客房的过程，就像一个寻古探幽或者拜访博物馆的经历；你对修士或者修女放逐于生活之外的存世状态抱有好奇心；你盘算着能在异地住一下起码有三四百年历史的老宅就好了；你厌倦了带着职业

笑容的酒店前台，盼望着一天卷归时，有个老祖母似的人物，用不尽相通却不妨碍热烈表达的语言来招呼你。

如果你对以上任何一种情形打钩的话，那么，下次你去欧洲，特别是意大利、法国和西班牙等天主教国家旅行，完全可以考虑投宿修道院，这是一种独特的 B&B 经验，不过并非你原本熟悉的"Bed & Breakfast"（住宿加早餐），它的全称应该叫作"Bed & Blessing"（住宿加祈祷）才恰如其分。修道院住宿不只给你一张床和床上的十字架，它也可能带给你其墙后一部悠久的欧洲史，一堂丰富的人文课，一个安宁的沉思所，还有，临走时，一张比一般酒店至少便宜一半的账单。

只一步之遥，喧嚣尘世在你的背后被轻轻掩上·

修道院是一群愿意接受祝圣的男女，按照自己的宗教修会，共居在一个独立的社区内，宣誓过独身的生活，将自己以特殊方式奉献给基督与教会，它所展示的是宗教集体生活的最高形式。大约在公元 320 年的时候，一位名叫帕科米乌、原为士兵的人建立了第一座基督教修道院，教徒的隐修运动就此从之前的独修形式向前迈出了一大步，妇女也开始有机会从事修道生活。修女或者修士在修道院内过着节制和守贞的生活，尽力保持着初期基督徒的纯净生活，一同起居、劳动和崇拜。对于意大利等传统欧洲天主教国家来说，修道院一直是社会生活的一部分。从 4 世纪以来，它是引领精神生活的火炬手，它是中世纪蛮荒之海中的文明孤岛，它是文艺复兴时代艺术俊杰们的巨幅画布，就在世俗生活发生千变万化，很多传统在流失时，修道院仍然保持着遗世独立的姿态。

在过去很长时间里，这些沧桑老修道院大隐于市，栖身于昔日声光的宫邸或者乡村别墅中，过着近乎与世隔绝的静修生活，即使提供住宿，也只给前来修行或者朝拜的信徒宿舍式的简宿。近年来，随着修士修女的数量不断减少，而维护老房屋的费用却不断上涨，一些修道院开始低调地把大门向公众打开了，特别是临近 2000 年时，那是基督教的圣禧年大庆，当时全球有 2500 万信徒涌到罗马，为了收纳这些酒店不能消化的朝圣客，政府提供给罗马的修道院低息贷款，以便让他们翻修房屋，从事小型的客房服务，由此，修道院住宿正式进入当代旅行者的视野。这对于预算有限或者寻求别样住宿体验的旅行者，近乎是天堂的大门悄悄地开了一条缝。你无须是个宗教静修者或者朝圣者，也不一定是基督教徒，都能在大多修道院的宿旅中感觉到温和宁静的栖息。就这样，只一步之遥，喧嚣的尘世将在你身后被轻轻掩上，你踏入了另一个老时光，另一个小国度。你因此有机会在世界宗教中心之一的国度，体验别样的意大利生活。一如英国著名作家 E.M. 福斯特在他以意大利乡村为背景的小说《看得见风景的房间》中所说："我们并不为它的美好来到意大利，我们为了它的生活。"

但是，请做好思想准备，你入住的将是清寡的宗教场所，而不是奢华的古别墅，不要和那些被酒店集团接管翻修的前修道院弄混，这里所介绍的修道院仍由修士、修女自行管理，所以其外表壮丽华严，而内部一般则为斯巴达式的简朴房间，可能连冰箱、电视也没有，不过房间和卫生间通常要比意大利普通酒店宽敞很多。如果供应早餐的话（有的甚至还供应三餐），一般也是平铺直叙的。大多修道院还有宵禁，也就意味着必须在晚上若干时间之前回院休息。不同的修道院可能还会有其他各自的规则需要遵守，为了尊重神职人员，你也需要注意服装和言行的端庄，在其祷告时不要打扰。当然，如果你本身是个教徒，征得许可后，通常会被邀请参加修道院的弥撒，也可以到修道院的小教堂祈祷。也有住客会向修士们坦陈自己的困扰，他们往往会被邀请和修士们一起祈祷，修士们也会为他们祈祷。

运河深处，藏在粉红天空下的威尼斯修道院·

此时正是淡季里的威尼斯，运河边的狮子依然抱着福音书，顶着光环的圣马可仍然随时准备着骑马到潟湖深处。是的，冬日威尼斯，

修道院住宿不止给你一个安宁、便宜的住宿

所有你在夏季高峰时花了大价钱所看到的东西依然都在那里，而唯一的区别是，总督府前没有一两小时的长龙；圣马可教堂的五个穹顶散发着更加迷人的红光，因为没有游客此起彼伏闪光灯的干扰；而大运河上的贡多拉三三两两静悄悄地飘过，让威尼斯重新成为一个古老的居所，而非一个大型主题乐园。此刻我正在前往一个叫作圣朱塞佩学院的修道院，它在威尼斯的运河边上，这也不是通常游客的体验。在威尼斯这样一个酒店房费位居世界城市第三的地方，住在圣马可广场左近的老城中心地带，这间修道院的双人房每天房价不过 74 欧元，仅为平均酒店房价的一半。

从圣卢西亚火车站出来，搭上水上巴士，在圣马可站下，步行不到 5 分钟，旧社区的气氛渐渐浓烈起来，直至圭拉桥下，这座叫作"帕帕法瓦宅邸"的老屋已经在那里静静地待客 500 年。周围一簇簇 15~16 世纪的宫邸，就好像把本来应该在凤凰大歌剧院里上演的《费加罗的婚礼》搬到了这里，此时在演重唱，分成几组，每组三五栋楼，各有自己的主张，有同情费加罗的，有同情伯爵的，还有看笑话的。修道院门口有条狭小的运河自建筑前经过，载着这些红红黄黄，好像穿着戏装的老房子送给它的七彩倒影。

修道院所在建筑的前身是个叫作帕帕法瓦的威尼斯商人的宅邸，直到 1932 年才成为修道院。同其他威尼斯的老宅一样，这座宅邸以前也身兼二职，既是住宅也是其商户所在，所以往往在水陆各开一个门户，水路的门户方便运货卸货，陆路的门户则供人日常进出。水路的拱门上现在站着戴桂冠的圣母玛利亚，俯身凝视着经过的凤尾贡多拉，贡多拉惹起的水波则轻舐着门槛下那爬着青苔的老石壁。

文艺复兴风格的正门门廊是昏暗的，在暗处按响门铃（修道院为安全计，平时大多门户紧闭，进出需修女为你开门），门开了一条缝，一位帮着做庶务的教友引我们进了挑高的门厅，他叫洛里斯，说着殷勤而絮叨的英语，词汇量不多，但用来解释周遭这些情形刚刚够。他一边模仿着修女祈祷的样子，一边让眼白向天空翻了一圈，"sisters praying"（姐妹们在祈祷），以解除我们未见修女身影的疑惑。他又自豪地说："我是这里唯一的男人，会说点英语。不过我可不管钱的事。"他很着急地空手在身上一阵乱拍,以发誓他和银两这样的东西完全是划清界限的。无论问什么,他总是以修女如是说作为开头,他对修女们有着莫大的尊重甚至敬畏。修女们的一天其实非常繁忙,除了祷告和崇拜等精神训练外,白天剩余的时间则分配在作坊、田园、学校、食堂等。懒散或者无所事事在修道院是从不被允许的,所以修道院里总是静悄悄地忙碌着。不少修道院也为社会施加积极影响,比如开办学校、医院和孤儿院等,此地的修女就打理着一个幼儿园和小学。

从修道院院长的喃喃声中,我们结账,并接受祝福·

为我们办理登记以后,洛里斯带我们前往客房,穿过宽大的走道,那里蒸腾着一股加了盐和橄榄油的水正在清煮意面的味道。客房一如预期中的简洁和干净:两张单人床、椅子、一柜、一橱、一桌,当然不可或缺的,就是进门即见的、挂在床上方的圣母像。那扇朝威尼斯奇异的粉红色天空开着的顶天立地的窗外还有一个小阳台,偶尔飘过的鸽子咕咕声和街坊教堂的钟声,那可能是你在房间里唯一能听到的威尼斯的声音,让你深刻地体会到意大利作家卡尔维诺对寂静的描述:"每种寂静都包含着细微的声响织成的网,这张网又将寂静罩住"。我们躺在各自狭窄的床上,身上可是暖烘烘的。是的,在欧洲隆冬中穿梭的十几天里,这家最简陋,却是最暖融融的。次日清晨,自然而然地,我们同样也被这样一种网状的寂静唤醒。推开厚厚的落地窗,正急于寻找去处的晨光来不及似地闯了进来,顿时把那张寂静之网击得粉碎。

之后几天,但凡不是祈祷的时候,总能看到个把修女老太太穿着玄袍,披着同色头纱,如鱼一般,在修道院的静水中不留纹地滑过。这家修道院冬季的宵禁时间为晚 10:30,晚上回院按门铃,等门的老修女颤颤巍巍地开门,把房门钥匙交给我们,从门房到楼房需要穿过庭院,我们说看得见,不用开灯,老修女执意要开,走出很远,

威尼斯运河边上的圣朱塞佩学院修道院

修道院院长

A HUNDRED WAYS TO WAKE UP

俯瞰威尼斯

再回头望，她的脸还依然贴在门房窗口，两手各做一个 OK 的手势，罩在双眼前，笑眯眯地目送着。

最后一天结账付钱时，可是大时刻。我们被洛里斯领到了修道院院长办公室，她的办公室在办公层的第一间，和赤足加尔默罗会的院长办公室规矩是一样的。院长修女掌管着一切财务事项，办公室里打印机、传真机、电脑等现代办公工具一应俱全，那台庞大的出纳专用计算器恐怕最常用到，它端坐在院长的右手边，面如满月的老院长就在时任教皇本笃十六世的画像下，笃悠悠地算着房钱。

出于客气，我们还另外捐了些钱给教会，院长专款专放，取出一个小信封，妥帖地把钱放好，很开心地大叫了一声: Africa（非洲）！意思是这些捐款将直接前往非洲帮助那里的妇女儿童。分别时她两掌分握着我们的手，仁慈地给了我们来自主的祝福，这便难免让我想起我那年逾九十岁的老外婆了，她每次同我惜别时也总是这样，虽然双手干瘦，且关节变形，却力道强大。

在淡季里的威尼斯住在这样一个修道院，除了让你有机会坐在这个运河日光影院的第一排之外，还让你的荷包不至于好像被洗劫过一样。每晚，我们就在头颈上裹上两条围巾，在冰冷的水巷里寻找一个可以给胃壁涂上油脂和蜜糖的温暖的地方，在没有游客环伺的餐馆尽情大吃一顿，然后赶在宵禁前，及时回到修道院报到。是的，我们已经完全捕捉到淡季威尼斯家常又有些顽皮的迹象。

一百种醒来的方式

A HUNDRED WAYS TO WAKE UP

TIPS

下榻：

文中提及的圣朱塞佩学院修道院（Istituo San Giuseppe）

地址：Ponte della Guerra，Castello，5402，30122 Venezia

电话：(39) 041-522-5352

传真：(39) 041-522-4891

邮箱：ospitality@alice.it（用电邮联系最为有效，负责预订的教友洛里斯会读写英语）

房价：37 欧元／人／天起，并需事先邮寄 50 欧元的旅行支票作为定金

宵禁时间：夏季晚 11:00，冬季晚 10:30

其他：因为修道院住宿常常供不应求，所以需要至少提早一到两个月预订，宗教节日或者暑期旅行高峰期，需要提早半年或者一年。修道院住宿大多也会要求事先预付部分定金，不少修道院不接受用卡，需现金结账。

停驻：

1. "Bed & Blessing" 并非说你从修道院住宿经历中能获得的全部只是一张床和神的祝福，比如倘若你有机会住在圣洛多维科学院修道院（Istituto San Lodovico）（www.monasterosanlodovico.it），这个修道院的墙曾经是米开朗琪罗的画布；倘若你有机会住在作为奥利维托本笃会早期创始地的奥利维托马焦雷山修道院（Abbazia di Monte Oliveto Maggiore）（www.monteolivetomaggiore.it），这个修道院不仅一直以来是艺术和科学的中心，你还有机会参观修士们所开设的修缮古书学校；倘若你前往托斯卡尼的坎普雷纳镇（Camprena），并有幸住在圣安娜修道院（Monastero di Sant'Anna）（www.terretoscaneagency.it/ sannast_ing.htm）的话，你会在步入修道院那一刻，就感觉自己正在迈进一部叫作《英国病人》的电影——的确，这里正是《英国病人》取景的地方。

如果不懂当地语言，无法直接和修道院沟通，或者是不知道自己要去的目的地有否修道院住宿提供，可以参考这家

中介机构的网站：www.monasterystays.com。

2. Antica Osteria Ruga Rialto：有威尼斯风小酒馆加风味佐餐小菜，早上晚点的时候或者晚上早点的时候，在那里点上 Ombra 份的红酒润润舌。Ombra 份有着很诗意的解释，叫"余荫"。

地址：Sestiere San Polo 692

电话：（39）041-241-9946

修道院名片

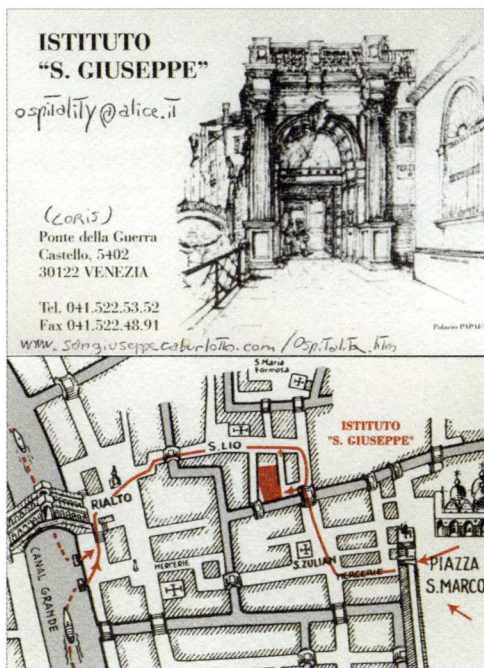

你得戴着面具入住
这家酒店，并亲历血案

THE MCKITTRICK HOTEL

国家 美国
城市 纽约
住宿 麦基特里克酒店
特色 一个虚拟的酒店，其实是一出戏剧的布景，
住宿的过程其实就是观剧的过程

　　我探索各种怪床的旅行似无止境。这次期待入住的酒店是纽约的麦基特里克酒店。虽然我之前从来没有听说过这家"酒店"，但其官网显示该酒店隶属于一个叫作麦基特里克的家族。当它落成于 1939 年时，曾经是一家有野心勃勃的计划的酒店，它固然奢华，但更期待营造一种华尔道夫或者普拉泽等大酒店所没有的私密气氛。所以未及开业，客人预订名单已经颇长，甚至还包括了希区柯克（你看，他老人家都把该酒店放进了他的电影《眩晕》里）。

　　在网上付完总价 91 美元的"房费"后，我收到了来自酒店的预订确认和"入住须知"。须知包括："所有的客人在酒店内必须戴面具，面具将会在抵达时提供。""你在酒店期间会涉及一些行走，建议客人选择明智的鞋履。"

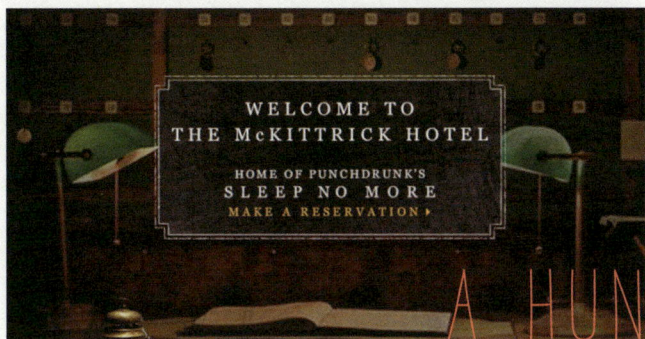

WELCOME TO
THE McKITTRICK HOTEL

HOME OF PUNCHDRUNK'S
SLEEP NO MORE
MAKE A RESERVATION ▶

欢迎来到麦基特里克酒店

A HUNDRED
WAYS
TO WAKE UP

酒店"前台"，帅气的"男招待"，一切都像模像样（来自官网）

酒店警告："客人们可能会遭遇令人紧张的心理场景"·

就在预订"入住"的前一天，我的电子邮箱里收到了来自"酒店"的一封致客户书，在"安全"栏下声明"客人们可能会遭遇令人紧张的心理场景"。这一切，都让我对于这场即将到来的入住更充满了期待。我最终来到坐落于纽约切尔西西 27 街 530 号的"酒店"，那是一座六层楼的工业化红砖建筑，大堂极其昏暗，在交出了规定必须寄存的大衣和手袋后，柜台后的年轻小伙子说"欢迎入住"，并发给我一张方块 4 的扑克牌，好像房卡。

我独自在一个曲折而几乎没有光线的黑暗甬道里行走，试图找到我的房间，最终我不得不打开了我手机里的手电筒，直到眼前突然出现一个氤氲的爵士舞台，淡粉红色的光柱之下，有个穿着燕尾服、头发油光锃亮的男士在说："欢迎来到曼德拉酒吧，我的朋友们。"我才发现我不仅进入到一个奇怪的空间，就连时间也有些不对劲，眼前明明是个 20 世纪 30 年代末的酒吧，我甚至闻到了第二次世界大战即将爆发的气味。

可是，我已经来不及脱身了，我被一个穿着浑身上下银闪闪、表情夸张、口气轻佻的女招待领到了一个小房间，和我一起的，还有其他一些被叫到号的客人（根据我们手中扑克牌上的数字，我们被分批叫号）。我们每个人领取了一个白色的威尼斯式样的面具，然后被引入一个遮掉了楼层数的电梯。我意识到我已经没有了退路了，如事先风闻的，我得和中世纪的苏格兰国王麦克白和莎士比亚那个经典悲剧《麦克白》里的其他人物，一起入住麦基特里克酒店。

麦基特里克酒店无法真的让你过夜·

好吧，我不能再卖关子了，其实，没有什么麦基特里克家族，麦基特里克酒店也无法真的让你过夜，它是一个外百老汇的浸没式戏剧《不眠之夜》的大型布景，包括了 5 层楼、一百多间精心布置的房间。 这个"酒店"背后真实的团队是英国的 Punchdrunk 剧团，这出包括暖场共 3 个小时的戏剧改编自莎士比亚戏剧《麦克白》，它拥有近 20 位演员和上百名浑然不知却顺理成章变成活道具和群众演员的观众。

5 层楼的酒店内设置了若干场景，包括森林、酒店大堂、酒吧、疯人院、诊所、卧室、公墓、舞厅、商店等。每个场景都有演员在表演，沉默地表演，用面部表情、肢体语言或者舞蹈动作铺设情节和铺垫情感。当然，他们不戴面具。

我一开始进入表演区域非常漫无目的，我完全不知道自己要看什么，我也分不太清每个演员在扮演什么角色，我只能强行记住他们初次亮相时给我的印象：这是在墓室的棺材上进行类似鞍马表演的马尾辫男子，这是在疯人院解剖台上好像在自慰的护士，这是在桌球台上练瑜伽的男子，这个怀孕女子，大概应该是麦克德夫夫人吧。唯有麦克白夫妇很好辨认，他们经常浑身血污，在床上、浴缸或者餐桌旁痛苦万状地扭动。而就在我去麦克白夫妇卧室外的废墟逛了一圈回来，本来还在那里单独抓耳挠腮的麦克白夫人已经和赤身裸体的麦克白一起跳进了浑浊的浴缸，两人满身血渍地紧抱在一起，浴缸的水变红了。我进而被卧室窗外几个戴着面具窥看的观众吓了一跳，再一想，原来我们都是局外人。

有观众摔倒了，连叫救命，可是没有人理他·

演员们会随着故事的推进而跑来跑去地换场，客人们因此也得在灯光昏暗、往往是堆满了家具的酒店房间和走廊里乱跑，进行名副其实的"追剧"。有的观众只跟着麦克白走，有的观众则追随麦克白夫人，有的随性而至，哪儿热闹往哪儿去，有的则守株待兔在一个最热闹的中央舞台。

有些观众会显得特别激动，一看到演员换场了，就紧跟演员小步飞奔，再也不顾美国人通常需要和人保持一臂距离的礼节，面具

A HUNDRED WAYS TO WAKE UP

《不眠之夜》说明册内页　　　　　　"入住酒店"必戴的面具

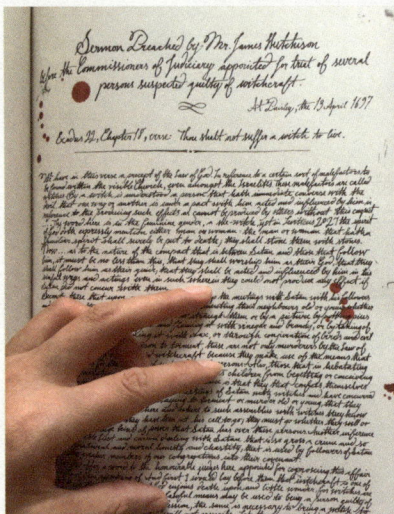

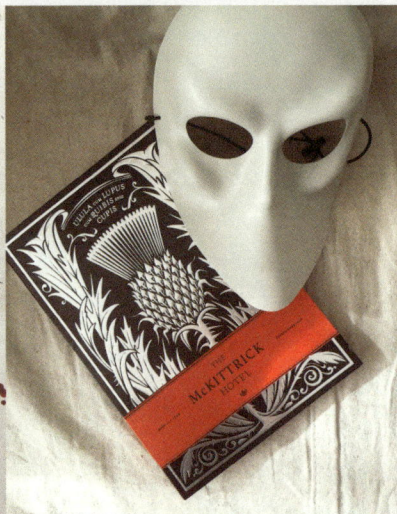

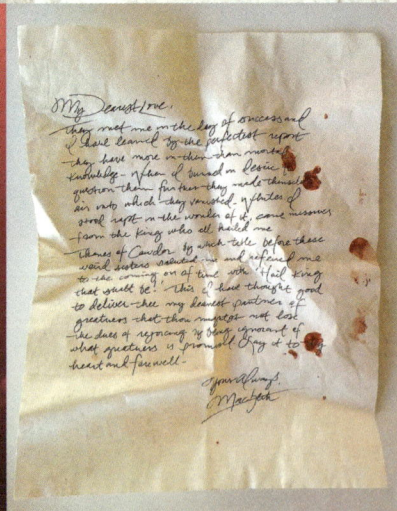

《不眠之夜》说明册内页　　　　　　剧中使用的道具，可随意翻看

下的他们似乎有了放纵一下的理由。恍然间，我有种小时候在街头追着看人打群架的错觉，直至看到他们被打得头破血流为止。朋友说起，她看的那有一位观众摔倒了，连叫救命，可是没有人理他，因为大家认为这可是剧情的一部分啊。

的确，有时你真的难以区分你到底是在戏里还是戏外：你会被演员身上的鲜血飞溅到，也会被演员挽住亲密地舞蹈，一个全身脱得精光的演员洗完澡，带着求助的眼光让围在浴室外观看的观众为他递浴巾，然后进一步为他穿裤子和鞋子，但也有可能在男演员背后沾满鲜血、面肌虬结地暗示观众为他递毛巾，但初次光顾的观众完全不能理解，而最后演员只能悻悻地自己去抓毛巾。观众还很有可能会被演员一把拽进某个小黑屋，她可能会对你耳语，抱怨她的辛酸事，然后为你斟茶倒水；她也可能为你朗读一段《蝴蝶梦》里的独白，然后喂你一杯温热的牛奶。如果你遇到这样单独的相处，不要害怕，你只是走进了戏中所谓的 "one-on-ones"（一对一）单元，这是观众事后最急于分享的细节。

哦，对了，听说这个酒店其实不仅有5层，它有一个秘密的 "6层"，但你得遇到这样一个神奇的一对一单元。进入6层楼的经历鲜少被人在网上提及，似乎凡是去过的人，都遵从了某种协议：保持沉默，"Say no more"。

你得恰好在某时某地碰到某个情节·

即使你 "浸没" 在这个信息量巨大的表演和互动之中，你在第一次观看后，依然不知道你目不暇接地在看些什么。比如我当时率先进入的那个房间里有张大床，直到走到床头，我才意识到有一个正蜷缩在床上呼呼大睡的老头，还时不时地翻一下身，因为我并没有花时间在床边长时间逗留，所以我没有意识到他就是被麦克白杀死的国王邓肯，我是直到事后看了其他观众的剧评，才知道不久之后，麦克白就会来到这个房间，用枕头闷死这个倒霉蛋——当然那个观众碰巧看到了这一幕。这种互动浸没式戏剧的机巧正在于此：你得恰好在某时某地碰到某个情节，而这也让不停在错过的观众有了一次又一次返场的理由。

我在历时 2 个小时的上上下下 5 层楼的追逐探寻中一度筋疲力竭，观众们可以选择随时离场去 2 楼的曼德拉酒吧喝一杯，但我还是决定挑了 4 楼一间看似安静的、只有一个女演员正在伏笔疾书的私家侦探办公室，推门入内，挑了她对面的椅子坐下，翻看了一下她手边其他的信件。

我不得不承认，我后面还游离出了剧情好几分钟，因为我突然发现我一直捏在手中的信用卡和钱不见了，我只能摸着黑，回到我曾去过的一间间房间找钱。于是我独自上演了一出和自己的"一对一"，大家都在寻找发疯的麦克白，而我在发疯地寻找丢失的钱和卡。谢天谢地，我最终在一个裁缝店的桌子上找到，显然是我在翻看抽屉时，随手搁在了那里。不然我就为这出戏贡献了一个突兀的道具。

深夜 10 点，剧终。530 号那扇黑色的铁门在我身后合拢了。文艺复兴时期的莎士比亚、20 世纪中期的希区柯克和 21 世纪的 Punchdrunk 混导的梦是醒了，但权力、欲望、嫉妒、激情和宿命交相缠绕后发出的砰砰声，依然在撞击我的头脑。我的两腿也在发沉，毕竟我已经在一栋 5 楼的仓库里不间歇地奔跑了 2 个小时，我承认，这出戏让我有些筋疲力竭。事后我查看了我的手机，那天我足足跑了 41 层楼，在曲线图上呈现一个傲然的小高峰。

回到我在布鲁克林的 Airbnb 公寓，我的房东特恩问我今天都干了什么，我说我去看了《不眠之夜》。"哦，很高兴你去看了，我看过 3 遍，谢尔比（我的另一位房东）看过 8 遍呢！"他激动地追问："那场三个巫师和麦克白的疯狂锐舞看了吧？戴着牛头的男巫，上身赤裸的女巫，还有血迹斑斑的婴儿？全场都在声嘶力竭地咆哮，那真是我听过的最棒的电子乐。"我茫然地摇了摇头。

TIPS

下榻：

麦基特里克酒店并不能住宿，那只是一个剧场，如果想看完戏找个步行距离可抵、不贵但又不失风格的酒店，可以试试看切尔西的简酒店（Jane Hotel）。以前此地为海员的宿舍，安置过"泰坦尼克"遇难者，每间房都很小，就如一个轮船单人舱房，把你送回到航海旅行的时代，让酒店犹如停泊在哈德孙河边的客轮。单人间 80 美元，浴室公用，稍大的船长舱是双人床，有私人浴室，150 美元左右。
www.thejanenyc.com

停驻：

麦基特里克酒店（The McKittrick Hotel）
地址：530 W 27th St, New York, NY 10001
网上购票：www.sleepnomore.com/#tickets
票价：从周中的 95 美元到周末的 135 美元不等，每日晚上都有演出，周日还有下午场，具体场次可从售票网站查询。
其他：

（1）所有观众都需持带身份证件。16 岁以下观众需有成人陪同。

（2）请一定要穿舒适的鞋子。如果观看过程中体力或者心理不适，可以随时退出，到 2 楼酒吧休息。

（3）第一次观看，如果想让自己获知主要情节，建议可以跟定主角，麦克白或者麦克白夫人，这样你一般不会错过重要情节。

（4）如果你和一群朋友一起去，和朋友走散是最好的观看方式，大家可以在事后分享各自的奇遇。

A HUNDRED WAYS TO WAKE UP

《不眠之夜》剧照，观众戴上面具，成为场景气氛的一部分（图片来自官网）

剧照（来自官网）

只为和他们相遇

CHEERS
FOR THE
ENCOUNTER

3 st

只为和他们相遇

CHEERS
FOR THE
ENCOUNTER

罗素还有葛丽泰·嘉宝都睡过的床

CASA CUSENI

国家 意大利
城市 陶尔米纳
住宿 西西里陶尔米纳民宿
特色 充满历史、八卦、风流韵事的老房子，收藏丰富，足以媲美民间博物馆

　　我抵达库塞尼之屋，这幢坐落在陶尔米纳镇半山腰的民宿时，正是黄昏时分。踏进由英国现代最卓越的现实主义版画大师法兰克·布朗温亲手画了壁画，甚至还设计了椅子的餐馆，房子现在的主人弗兰切斯卡，正在苹果电脑上撰写一本关于这个老房子的第一任主人、英国水彩画家罗伯特·霍桑·基特逊生平的书。弗兰切斯卡的主业并非写作，他是陶尔米纳公立医院的外科主任。他的苹果电脑正安放在布朗温先生在 1907 年 3 月 2 日送到基特逊府上的、直径 160 厘米的大圆桌上。从弗兰切斯卡的电脑键盘上吐出来的，是掺杂着大量西西里方言的意大利文，因为 20 世纪初的很多西西里人只说西西里方言。这已是他关于基特逊的第二本书，在第一本书里，他细致地探讨了他的水彩画。弗兰切斯卡请我坐下来和他一起喝杯茶，茶匙柄上刻着基特逊家族的族徽：独角

兽。这正是基特逊先生在一个世纪前用的茶具。

与此同时，图里，库塞尼之屋的管家，此刻正忙着在紧邻的正厅向一群好奇的访问者展示着前两任主人收藏的珍宝：克里特出土的陶瓷碟，主人相信是唯一一件能在西西里找到的贝里尼雕塑的人像，由波旁家族的国王斐迪南四世送给西西里某亲王的一抽屉的布偶；日本的浮世绘；英国考古学家在世界各地探索古代文明征程时留下的各种地图等。

深夜失眠时，披衣起床，你可以在夜空中寻找彗星的尾巴·

弗兰切斯卡端详了一下茶匙柄上的那枚独角兽，并打开了身后的厨具柜，一片银光灼灼，都是基特逊先生留下的银餐具。他说"二战"烽火燃烧到西西里这个小镇时，村民将基特逊先生屋子里的1200多件藏品一拿而空，战争一结束，基特逊先生回归他的第二故乡时，所有被拿走的东西，包括这些银餐具，都如数归还到库塞尼之屋——村民们只是代为保管，以免落入德国人手中。陶尔米纳人热爱并敬重对小镇有巨大贡献的基特逊，并将他的名字入乡随俗化，他们尊称他为"基特逊尼教父"。

我当时尚且不知道，楼上，我即将入住的房间里，一本由一个叫作达芙妮·菲尔普斯的英国老小姐写的关于这个老宅和它曾接待过的客人的、叫作《西西里之屋》的书已经安静地在等待着我。达芙妮小姐是这栋老房子的第二任主人，也是基特逊先生的外甥女。我当时还不知道的是，当推开我房间那扇蓝色的落地双开门，我将看到的是：平静得像刚铺好了餐桌布一样的贾尔迪尼—纳克索斯湾，稍稍将头转过30度左右的光景，夕阳正擦过欧洲最高的活火山埃特纳火山的山顶，仿佛能听见一小片一小片金色的云尘被惊动而发出的嚓啦嚓啦声。露台上放着铸铁桌椅，以备你深夜失眠时，披衣起床，在夜空中寻找彗星的尾巴。

我彼时当然也还不知道，这个房间，正是这个房间，葛丽泰·嘉宝曾经住过。

　　这就是库塞尼之屋，这个我无意中在网上找到的民宿（或者毋宁说，是个活着的博物馆）。虽然它只有5间左右的客房外加一个花园，但我却花了足足半天的时间浏览了它种种珍贵的收藏，事后又在从意大利回到美国的漫长空旅中，通过这本名为《西西里之屋》的书，完成了对这个民宿时间维度上的漫游。

37岁的达芙妮小姐登上西西里旅程，继承遗产·

　　一两百年前，甚至再早些，不少西欧、北欧的富绅遵照医嘱来到意大利那些温和宜人的海岛，疗养他们的肺或者气管什么的。库塞尼之屋的第一任主人基特逊先生就是在20世纪初的时候，被一枚潮湿阴晦的肺带到了陶尔米纳，在当时被英国人视为美却不乏蛮荒的西西里，设计并带领当地人建造了这栋希腊古典风格的宅邸。当时当地人觉得很不可思议，这个疯狂的英国人怎么会买一个要走15分钟上坡路的地盘来建房子呢？那里可是除了主和农民，什么都没有啊！可是对于从约克郡来的英国人，15分钟不就是在自己庄园散个步的路程吗？除了动物和仆人，他们孤傲的庄园生活似乎也不需要其他什么。

　　1947年，基特逊去世，次年2月，他在牛津接受教育的外甥女登上前去西西里的邮轮，踏上接收舅舅遗产的旅途，时年37岁的达芙妮小姐只是准备卖掉他在陶尔米纳的房子库塞尼之屋，她以为这个差事只需两周的时间，结果她在客地居住了超过半个世纪，全然不顾她上司的警告："待在那些荒僻之地的人最后都会变成怪人的！"她被库塞尼之屋和与这所房子发生关联的种种本地人以及前来借宿的客人彻底迷住了，再也无法萌生离意。为了维持房子的日常开销，她将它变成了一般只接待朋友的低调的客栈。

　　达芙妮小姐在57年前和我现在看到的库塞尼之屋没有什么大的区别。诺曼人喜欢把房子油漆成白色，希腊人喜欢蓝色，阿拉伯人

从露台望去，陶尔米纳和埃特纳火山都在眼皮底下

西西里之屋的露台

CHEERS FOR THE ENCOUNTER

正对露台的，就是平静得像刚铺好了餐桌布一样的贾尔迪尼—纳克索斯湾

喜欢红或粉色，犹太人喜欢黄色，这些人都在西西里生活过，因此这个房子就拥有了上述所有颜色：外墙黄的，门窗蓝的，后院喷泉壁红的，内墙白的。正厅沙龙门口的四根石柱是锡拉库扎金色的石头，房内楼梯的大理石来自卡拉拉，其他建材，从石、木到陶瓦，都是本地的。从露台俯视下去，花园里是密集的混合树林，桉树、柠檬树、杏树和无花果等，园丁路易吉总跪在那里，戴着腰带和护膝，修剪着什么，他听我说是从上海来的，说："我们西西里方言'Sciancai'听上去和你的'Shanghai'差不多哦，不过我们这个的意思是闪了腰！"我祝老园丁除草整花愉快，千万别闪了腰。

　　而西西里的花园的确也是一味的茂盛，和英式的井井有条不同，即使有园丁维护，也难免会有茂盛的枝叶挡了你的路，让你的闲庭信步变得难免有些磕磕绊绊，很快把散步的重点从散心到专注于脚下。当然如果散步的道伴是个本地男人，你还得当心他们的奇袭，他们喜欢就地取材地从树梢间，采撷一朵花蕊奇长的异花，殷勤地让你务必收下，让这朵花就此成为接下去小段路程的莫大的不便，通常就是趁其不备，悄悄地再将它遗留在某根树枝上。

版画家作画时的梦想，就是男人间也可以组成正常的三口之家·

　　图里决定带着我好好看看这座老房子，从大门口出发，沿着山坡缓步上升，我们经过前花园、主楼，直到后院，我们一共走过7个喷泉，都在一条直线之上。最后一座喷泉坐落在一个近乎废弃的游泳池后，如果没有那些难看的公寓化建筑建起，火山喷发时的倒影可以在池子里尽显。而现在，我们的耳畔传来的只是隔墙公寓楼里激烈的男女争吵声，图里侧耳倾听了一下，摇摇头，"多么典型啊，我们西西里人的夫妻生活。"我们在传出锅盘落地声的时候，及时地撤离了这个景点。

　　我们回到了库塞尼之屋的餐馆，前晚乍到，因为灯光昏暗，没有仔细端详，原来布朗温先生在他艺术生涯巅峰时创作的这个环绕四周的壁画竟是意味深长：向光的三面墙上是在柠檬树或者葡萄藤下的俊美男孩儿，而背光的，门所在的那面墙上，是两个男子抱着一个婴儿。原来这是 1910 年时，版画家作画时的梦想，就是男人间也可以组成正常的三口之家。这幅画面藏在房间的阴处，唯有开灯才能看得清楚，因为在当时这近乎是隐秘的狂想。而这幅画面的斜对面，画着一个女子，根据解读，那正是为婴儿提供卵子的母亲。我在餐馆桌上发现了一本布朗温送给基特逊的书，扉页上除了签名外，还意味深长地画了一个倒过来的表示女性的符号，并颇有心思地把那个圆圈换成了心形。

20 世纪初，不少有断袖之癖的西方作家、艺术家逃离本国，在西西里找到这样一个不受外人偏见的世外桃源，寻求同性的抚爱。美国剧作家田纳西·威廉姆斯也曾在这里居住，和他的一些男朋友们。库塞尼之屋的餐馆在一个世纪以后再看，在胡桃木护墙板发出的暖暖的暗红光泽下，依然充满着当年男孩们在伊奥尼亚海风吹拂下，浑身散发出的，犹如希腊雕塑般的天蓝的童真。

"不顾高龄追逐每一个穿裙子的人"的哲学家罗素是房客·

如果在正厅左厢的餐馆洋溢着盘旋不走的、过往的黏稠的爱，那么在正厅右翼那间涂着苹果绿漆的图书室，你能听到时光流逝的声音。图里随便翻开一本书架上的书，就是英国哲学家罗素送给达芙妮小姐的自传，他在扉页上用拉丁文写着诸如感谢你多年来的支持之类的文字，最后的落款是你的兄弟和朋友。对于那个"不顾高龄追逐每一个穿裙子的人"的哲学家罗素，达芙妮保持着清醒的头脑，每次都是温言软语地谢绝他调情的念想后，两人倒也能促膝谈心到深夜，通常就是听他讲述如何征服一个又一个穿着裙子的女性。这个被认为外表"冷淡而又善良"的获得诺贝尔文学奖的哲学家在对待感情生活上，可绝没有一个英国贵族的冷感，倒是一派西西里人

CHEERS FOR THE ENCOUNTER

罗马尼亚考古学家寄给达芙妮的信和照片　　达芙妮的护照

罗素留给达芙妮的书　　福克纳写的诗歌原稿

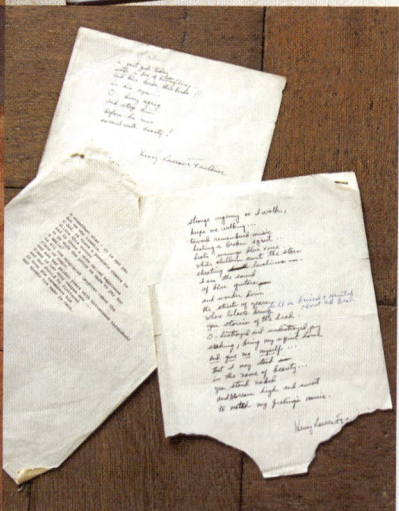

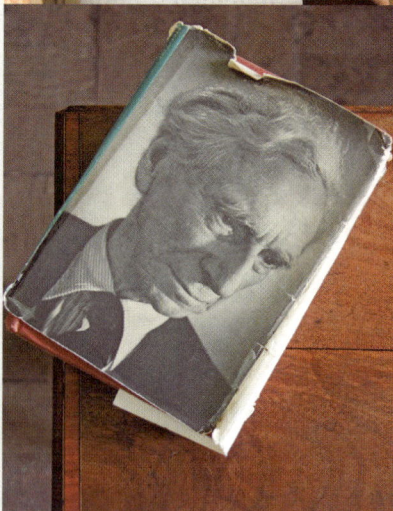

的热血，让达芙妮小姐在库塞尼之屋接待他的那些岁月里颇为担心，尽管他当时带着妻子，尽管他当时都已年过七旬。

图里一高兴，翻出了文件夹里的这些传家宝，有田纳西·威廉姆斯送给达芙妮小姐的书，有出逃的罗马尼亚考古学家迪努·阿达迈诗提阿努用夹着西西里方言的拉丁文写就的、给达芙妮小姐的103封情书，图里在考古学家曾经坐过的沙发上落座，开始为我翻译起其中的一封信来："我将从正在挖掘的那些墙那儿而来，我会带来从你的花园里采来的鲜花，希望你会有很灿烂的笑容。我会剃须，换上干净的衣服，我会用一大杯咖啡来欢迎你，我会用我黑乎乎的手来拥抱你，对你说'baciamo li mani'。"图里解释说"baciamo li mani"是西西里方言，意思是带着敬意吻你的手，然后他不禁悠悠地抬起了头，闭上了眼睛，"然后，谁也不知道接下来会发生什么喽！"

图里其实是库塞尼之屋现任主人弗兰切斯卡的堂兄，可是他一直坚称自己是家族里很穷的那一个。如果需要准确的描述，他长得像被逼干了岁月汁水的罗伯特·德·尼罗，他对生活有着力不从心的跃跃欲试，用上海话来说就是鲜嘎嘎的。他的业余爱好，就是在地方话剧团当导演或者客串一些诸如乡绅一样的角色，他也爱自拍一些需要有很大耐心才能看完的长镜头录像。当我在拍摄美国画家亨利·福克纳（系著名作家威廉福克纳的表亲）的一份手写文件时，图里按捺不住要导演的心思。我刚按下快门，图里迅疾在纸上放了一支老式蘸水笔，不由分说地要求我再拍一张。最后觉得还是不过瘾，说索性不如我坐着，你拍我在写这封信吧。好吧，这封文件，其实是一份……遗嘱啊。福克纳先生在遗嘱中豪迈地写下要把自己在肯塔基的农舍留给田纳西·威廉姆斯，要把他死时在手的所有财产都留给那个来自好莱坞的贝蒂·戴维斯小姐。

图里又找出了一叠有些破损的、颜色已经泛黄的纸张，开始大声朗诵起亨利·福克纳写的诗歌来，他声称这些诗歌是福克纳先生写给威廉姆斯先生的情书，后来多作为遗产留给了达芙妮小姐。难怪图里先生无时无刻不在表达着对爱的渴望，想想他整天就和这些比他年纪还大的风流旧情书相处，时不时还需要朗读给外人听，还有这栋房子里冷不防地冒出来的种种男男、男女之爱的旧迹新痕，难怪他在漫长的参观之后，一下子栽倒在正厅一个也是由弗兰克·布朗温设计的沙发床上。他说嘉宝曾经躺过这个沙发。"嗯，一定是做爱。"他唯恐我没有听到他内心戏地补充道。

管家的女儿现今接管了这栋传奇之屋·

就在对这个屋子前主人们的种种或风流或风趣的故事有所了解后，我不禁对它如何易手到现主人弗兰切斯卡医生夫妇产生了好奇。从埃特纳火山攀登了一天后，我经过餐馆，无一例外地，弗兰切斯卡又在圆桌旁写着第一任主人的故事，我向他请教起当初买下这座房子的缘起。原来他的妻子米玛从 2 岁起就生活在这栋房子里，她的母亲康切塔曾是为达芙妮小姐忠心耿耿服务很多年的管家。她在库塞尼之屋生活了 50 年，当达芙妮小姐在 2005 年去世后，她的后代始终无法对这栋房子的去向达成统一意向。2011 年，弗兰切斯卡决定将它买下来，因为这栋房子对妻子有不同寻常的意义。而为了维系房子的修缮费用，他们决定将它改建成民宿，从 2012 年 4 月开始对外开放。

《西西里之屋》这本书里有一章节叫作"康切塔"，就是达芙妮专门献给她的管家的，在这一章的末尾她写道："她（康切塔）的到来是我和库塞尼之屋所能期盼到的最大的幸运。"她写得没错，事实的陈述成为了预言。书里还附了一张慈祥的康切塔抱着自己的外孙女达芙妮和达芙妮小姐在库塞尼之屋正厅那三扇落地法式门前的照片。是的，弗兰切斯卡和米玛把自己的女儿也取名为达芙妮。只是他们当时可能未曾想到过，有一天，自己和母亲服务的主人达芙妮一样，成为这栋陶尔米纳传奇老房子的主人。我不知道达芙妮小姐知道后，到底是淡淡的喜悦还是惆怅，毕竟，她是一个来自"楼上楼下"观念深厚的英国老小姐。

CHEERS FOR THE ENCOUNTER

露台旁的厨房   西西里明媚阳光照在"西西里之屋"

客厅角落里有第一任主人基特逊的自画像   阅读室，墙上有毕加索原作

　　离开那日的早餐，我在隐约就好像漂浮在伊奥尼亚海上的露台，和我新结识的邻居们共进早餐。弗兰切斯卡特意带来了朋友的糕饼房做的西西里常见的杏仁饼，他说是用自家游泳池前的杏树上的杏仁做的。我问来自西雅图的玛丽凯，她是怎么找到这个地方的。这位图书管理员说她是读了达芙妮小姐的《西西里之屋》后，就心生念想，希望有一天可以在这个书里的传奇老宅住一回。"这本书可真经典！"她补充道。在我入住库塞尼之屋之前，我并不知道这本书，可是当时我已是迫不及待地想拥有它，仔细阅读它。这就是库塞尼之屋，或者其他类似有故事的地方的魔力：你要么携着一个故事而来，要么带着一个故事而去。

　　离开陶尔米纳那天，我又在翁贝托一世街上来回踱了一遍，经过那个铺着黑白格子砖的四月九日广场，广场一角的奇妙吧咖啡馆（Caffe Wunderbar）的露天座开始现场演奏伤感的音乐。有个年老的西西里人倚在石栏上，正对着海，张大着嘴巴，不，他真的是在歌唱。这里，就是西西里的桃花源。

TIPS

下榻：

库塞尼之屋（Casa Cuseni）：房间从单人间到可住三人的套房，从 150 美元到 250 美元左右，如果不住宿，也可以电邮 Casa Cuseni 联系参观博物馆事宜。www.casacuseni.com

停驻：

1. 瑟库爱塔铁路（Ferrovia Circumetnea）：西西里的环埃特纳火山小火车。该环绕埃特纳火山的火车建于 1889~1895 年间，如果不赶时间，可以坐着它，从陶尔米纳到达卡塔尼亚，一路观看火山裙边的风情，观察火车上本地人的交谈。其官网 www.circumetnea.it 提供详细的火车线路和时刻表。

2. 男爵夫人餐馆（Ristorante Baronessa）：位于陶尔米纳主街翁贝里托一世大街（Corso Umberto I）显要位置的餐馆，曾是一位男爵夫人的寓所，屋顶带着华丽壁画的殿堂现在成为能看到埃特纳火山和纳索斯海湾的餐室，其菜肴风味是对传统西西里风味菜肴进行现代化的阐述。www.ristorantebaronessa.it

3. 陶尔米纳公共图书馆（H. Biblioteca di Comune di Taormina）：位于陶尔米纳四月九日广场（Piazza IX Aprile）的本地公共图书馆，本为建于 1448 年的教堂 Chiesa di Sant'Agostino，约在 1900 年改建成图书馆。开放时间为周一、周五 8:30 ～下午 1:30，周二到周四下午 3:30～ 下午 6:00。

CHEERS FOR THE ENCOUNTER

客厅壁画展示了画家布朗温先生对男人组成三口之家的愿景

管家图里向我展示罗素送给达芙妮的书

西西里的夕阳下，
敲响伯爵家的门

PALAZZO CONTE FEDERICO

国家 意大利
城市 巴勒莫
住宿 巴勒莫伯爵宅邸
特色 意大利伯爵的祖传私宅，500 年的老宫殿让
你想起兰佩杜萨亲王的西西里传世小说《豹》

　　西西里作家朱塞佩·托马西，第十一代兰佩
杜萨亲王，一生只写过一本长篇小说，这部名叫
《豹》的小说在他辞世后一年，即 1958 年才得以
出版，但这并不影响他成为意大利现代文学中最
感伤的一头豹子，也毫不影响《豹》这部小说成
为献给西西里的一首最哀婉的绵绵情歌。

　　兰佩杜萨亲王借《豹》里的人物谈起他永恒
的西西里，谈起内勃罗第山上迷迭香的芬芳，谈
起梅利利城的蜂蜜的味道，谈起怎样在埃特纳火
山欣赏被 5 月的和风吹得层层翻滚的麦浪，谈起
锡拉库萨周围的名胜古迹，也谈起了西西里的首
府巴勒莫："6 月，某些夕阳西下的傍晚，空中
弥漫着一阵阵柑橘花的扑鼻芳香。"这本小说如
此迷人，以至于我起了要前往西西里，前往巴勒
莫的念头，那是兰佩杜萨亲王和他小说里的主人
公萨利纳亲王出生和生活的地方，可惜两个亲王

的祖屋，也都在"二战"中被炸毁了。

可是，恰巧，我在巴勒莫的老城区找到的一个民宿，主人就是一位与兰佩杜萨亲王相似的人物，他是伯爵，他住在 500 年的老宫殿里，那是他历代祖辈们生活的地方。而他家有一个舞厅，地板上的瓷砖画的是巴勒莫的旧地图，地图上绘有古老的城墙和守城塔楼，其中一个塔楼，就是伯爵的家；地板上还画有一个乡间别墅，那正是《豹》里，亲王和家人们躲避战乱时居住的那个在多纳富伽塔城的亲王乡间别墅。

只穿了条短裤的男人稳稳当当地坐在了西西里的黄昏·

我是从离巴勒莫西南方 8 公里处的蒙雷阿勒前往巴勒莫的，那个小镇上的大教堂是世界上最大的诺曼式建筑之一，和巴勒莫的大教堂齐辉。它内部昏沉中的金碧辉煌在视觉上的震撼抵消了前往巴勒莫，特别是快要抵达城里时，嗅觉上的不快：是的，街道上臭烘烘的，就连大路上，都有些臭气熏天。有难民模样的人在路边等待为你强行擦玻璃窗，中年人举着"五个孩子正在挨饿"的牌子在路口迷惘地徘徊，每个人都开着一辆很破的车在一心一意地赶路。当驶入巴勒莫市区后，臭味总算退去了，但听觉的刺激随即袭来，汽车喇叭声乱成一片，和我并列的车流里，有个父亲把三四岁的小女儿放在膝盖上，他们都在驾驶座上，女儿在玩方向盘，车在动。我笑了，他们也朝我笑。每个在巴勒莫行走的游客脸都红红的，好像此地有名的西西里红虾。他们手上拿着地图或者旅行书，一脸苦相地行进在寻找西西里诺曼古迹的漫漫征途中。

我在黄昏时抵达老区中心的 Biscottari 街 4 号，费德里科大厦（Palazzo Conte Federico），也就是巴勒莫的亚力山大·费德里科伯爵的公馆。这里距离巴勒莫大教堂步行仅 2 分钟。此间的街道（毋宁说是小巷），地面铺着发黑的石块，路旁那些破旧的老房子（当地人会纠正你说，是没落的宫殿！）的立面是斑驳的，门窗是老残的，

伯爵家手绘的家谱

CHEERS
FOR THE
ENCOUNTER

伯爵家的门口，看起来并不起眼   伯爵家院子里，停着他的 20 世纪 30 年代的古董菲亚特

砖和砖的缝隙中，甚至长出了艳丽的花草。但视野越过斑驳的外墙，窗里很可能是威尼斯穆拉诺岛来的水晶吊灯，悬挂在巴洛克的壁画天顶下，室内空间大得惊人，就和它的街道小得不可思议一样。

我视野中的一切迹象表明，生活在这里的人在过去 500 年里所做的最重要的事，就是小心地将一切维护它原来的样子——可以再微微地旧下去，但绝对不可以新。因为，用小说里的萨利纳亲王的话，"这才永远合乎人情啊！"西西里的老城也就像萨利纳家族，眼看着自己这个阶层的没落，家产的毁灭，而无能为力，更没有补救的愿望。怠惰是这里的主调调，任何企图革新的念头都会在萌芽的瞬间就迅速地被打压下去，那些古老的魅力在无可奈何地施展着。难怪兰佩杜萨亲王会说："只有已经褪色的东西才能吸引我们的注意力。"因为西西里人懂得，那些簇新的东西是属于这个岛屿的喧嚣过客的，而只有褪了色的东西，才归属于本地人。

此刻，正是西西里最辉煌的时候，也就是那难能可贵的长日将尽之时。夕阳斜射到斑驳房屋的立面，碰撞出了一圈圈有些眩目的金光，好像老底子人家总算做好了晒出传家之宝的准备一样，让这个城市的表面被敲奏出带着灰烬感的金黄的回声。然后，天光渐逝，房屋的立体感渐渐消失了，只剩下一个个兀自躲在黑暗里数着珍宝的老人。有一扇居民公寓的阳台门"吱呀"一声打开了，一个赤着膊，只穿了条短裤的男人搬了张凳子出来，西西里人典型的棕色皮肤，卷曲的头发，闪特人的身形。他稳稳当当地坐在了开始渐渐变凉的阳台当中。

"请按写着'腓特烈伯爵'的门铃"·

我按照伯爵的长子，尼古拉事先的电邮指示，按下写着"腓特烈伯爵"的门铃，于是，沉重而宽大的门开了，我走进了巴勒莫最古老的，也是唯一残存的守城塔楼改建的宫殿，伯爵家部分墙壁是这个城里仅存无多的古城墙的一部分。年逾古稀的老伯爵的古董车停在庭院，那是 20 世纪 30 年代的火红色敞篷菲亚特 508 S Balill，它并不仅仅因为审美的原因而存在，它依然是个和老伯爵奋斗在古董赛车场的老伙伴，好像堂·吉诃德和他的老桑丘。腓特烈伯爵是个赛车手，20 世纪 60 年代活跃于"Targa Florio"竞速车赛，作为 F1 前身的国际方程式大奖赛当时也还处于"自娱自乐"的阶段，Targa 是那个时代众人追捧的焦点赛事。当时，比赛的起点和终点均设在西西里岛北部的塞尔达，车手们要沿逆时针方向在海平面与海拔 600 米之间不停地穿梭一整天。

我在尼古拉的指挥下，把车停在了腓特烈的家族族徽下。那个雄武的展翅老鹰既是巴勒莫的标志，也是伯爵的祖先腓特烈二世的标志。那个腓特烈二世，正是被尼采赞誉为"世界的奇迹"的腓特烈二世，中世纪最有权势的神圣罗马帝国皇帝之一，他驻扎在西西里，但势力的雄风从意大利一路刮到德国乃至耶路撒冷。腓特烈家族从 16 世纪就开始住在这里，祖先从托斯卡纳而来，是腓特烈二世的私生子，但也是皇帝最宠爱的儿子。 现在，挂在墙上的家族图谱盘根错节，远远望去，就好像八达岭旅游地图。

尼古拉（和贵族后代一样，他的全名很长：Nicolò Federico Di Vallaltae S. Giorgio) 出奇地年轻，我想象中，他应该是个有着卷曲黑头发的西西里中年人，好像兰佩杜萨亲王风华正茂时一样，可眼前的伯爵长子，却是个留着板寸金发， 总是在微笑的年轻人，他的英语带着德国口音，他说这是因为他有一半奥地利血统，也就是说，伯爵娶了一个奥地利太太。从他身上显现的一切特质，让他更像一个在德累斯顿这样的地方干着警察工作的，忠心耿耿迷恋着足球的小伙子。 他对于那个总有一天会降临到他身上的伯爵身份也不以为意，总是穿着白色老头衫，心无城府地呵呵笑着。 事实上他并不爱足球，小时候他和弟弟在家里踢足球（家里的确够大，可以让两个小男孩在客厅内进行室内小足球比赛），一脚怒射把家传的穆拉诺水晶吊灯踢得粉碎，老伯爵用匕首一刀把小足球戳破后，他再也没玩过足球。

伯爵的长子

伯爵家客厅一角陈列着家族的历史

CHEERS
FOR THE
ENCOUNTER

伯爵赛车时的照片和获得的赛车奖杯

每个客人都有被伯爵儿子带着参观公馆的福利·

尼古拉带着我参观公馆，每个在这里下榻的客人都有这样的福利。我们穿过一个又一个房间，从客厅到起居室到舞厅到餐馆到厨房到父母的卧室，这里甚至还有一个骑士大厅，陈列着各种冷兵器时代的盔甲和武器。历代的腓特烈伯爵都曾住在这里，历史的脚步在建筑内饰上踩出了经久的回响：拾级而上建筑师朱塞佩·维奈兹奥·玛尔夫格里亚设计的宽大楼梯，经过厅里摆放的雕塑家伊格纳修·马拉庇提创作的喷泉狮像，仰头凝视——高挑的 14 世纪天花板上是意大利著名画家安娜·维托和加斯帕雷 19 世纪中叶的巴洛克壁画，这些 18 或 19 世纪的艺术家都是西西里人。前几年，当现在的伯爵翻修老宅时，竟然发现顶层塔楼的巴洛克屋顶上原来还有一个 16 世纪的原配木屋顶，虽然已经残破不堪了。那些 16 世纪的木屋顶已经无法复原，可卸下的那些，被一块一块挂在不同的客房里；家族的老照片镶在银镜框里；还有在《豹》里描绘过的那种"黑丝绒的高领镶嵌着艳丽色彩的边，袖子上有金线和银线绣的花纹"的祖辈穿过的军服，被陈列在柜子里。

现主人留在老屋子里的痕迹则和奖杯、奖牌有关，老伯爵的赛车奖杯和老伯爵夫人的仰泳奖牌交相辉映。是的，伯爵夫人是个运动健将，曾经获得过世界锦标赛的仰泳奖牌。她刚年过半百，披肩金发，瘦而健美，远远看去好像四十岁出头，是儿子的朋友会一眼看到就死心塌地爱上的那种。这个奥地利来的女人给帕勒莫和腓特烈家庭带来了来自阿尔卑斯山脉的清冽的风。她开始在巴勒莫骑自行车时，大家都在议论，"这个可怜的外国女人，连车都买不起！"伯爵夫人至今依然热衷于参加各种游泳赛事，两周前才又背回来一枚奖牌。

我们移步攀上了拥有一个骑士会议厅的顶层塔楼，从那里诺曼式的双拱形窗，可以俯瞰到巴勒莫一角。向下张望，底层视线内是一家餐馆，一个学校，和横七竖八停着的汽车，我们只能脑补这里曾经的面貌：楼下曾经是腓特烈家的花园，美丽的巴勒莫老宅花园，好像兰佩杜萨亲王祖宅般的花园。可是，不幸的是，后院的花园在第二次世界大战中被炸毁了。丘吉尔在盟军北非战场大获全胜后提出要对轴心国统治下的欧洲大陆的"柔软的下腹部"发起"狠狠一击"，这个"柔软的下腹部"就是西西里，这个"狠狠一击"的后果之一就是，伯爵家的花园以及兰佩杜萨亲王的祖宅都不翼而飞了。

对历史老建筑的修缮的努力是艰辛的，耗时花钱。为了维护这个地方，腓特烈伯爵不得不变卖了乡下的产业，包括一个农场和酒庄，可是现金流依然有些紧巴巴，所以他们才开始在 2010 年左右办起了民宿。伯爵家曾经有 11 个用人，现在，只有一个。

在这个历时一个半小时后的参观结束的时候，我笑着对尼古拉说："我明白了你这个导览的目的，就是为了解释并让大家谅解，为何房间里没有空调啊！"尼古拉开怀大笑起来："聪明！这里是历史保护建筑，什么都不准动，我都不能在自己房间里钉一枚钉子啊！"

那些让人浑身麻酥酥的西西里甜食啊·

次日清晨，我被菲亚特老爷车马达的一声长鸣唤醒，想来老伯爵一早去溜车了。我睁开眼，跃入眼帘的是中世纪的头盔和一对佩剑，还有一捧花，插在老伯爵在 1991 年某个赛车大奖赛获得的奖杯里。桌上有尼古拉为我准备的早餐：西西里经典甜品 Cannoli，一种裹着瑞可塔乳酪的煎饼卷。我在西西里什么都敢吃，可就是不敢吃它的那些甜食，从 Cannoli、Cassata、Marzapane（用写《教父》的马里奥普佐的话来说，"让人浑身麻酥酥的杏仁糊糖！"）到 Frutta Martorana（这些杏仁糊糖还被做成了欲盖弥彰的各种水果样），甜得让人想起萨利纳亲王和他艳光四射的外甥媳妇跳起的那支需要不停跺脚和转圈的玛祖卡舞。我吃了一口，还是不得不立刻停止了这疯狂旋转的甜点舞。

三天后，我和尼古拉告别，我也终于见到了腓特烈伯爵，他就

CHEERS FOR THE ENCOUNTER

伯爵夫妇的卧室

伯爵家的三重门

伯爵家客厅

伯爵家客厅历依然呈现旧日辉煌

好像那种极其亲切的意大利老人，事实上南意大利老伯都那样，不管是贵族还是平民：乍一看满脸愁容爱理不理好像家里刚死了人，但你一旦和他们打了招呼，立刻激活他们的表情肌，就好像突然发现那个猝死的人原来悄悄地留给了他们一笔意外的遗产似的。而比他年轻 24 岁的伯爵夫人，穿一身淡哔叽色连衣裙，高贵而亲切，浑身放射着小麦色的光。他们正在等待一群即将来府邸参观的游客。

巴勒莫街头的马路小天使们·

从伯爵家出来，穿过一条狭窄的，叫作"Vicolo Brugno"的弄堂，我前往本地最有名的教堂：巴勒莫大教堂。在弄堂里，我狭路遇到一群小朋友在玩过家家。就在世界其他大城市的孩子扮护士或者进行打仗的游戏，巴勒莫的男孩女孩们则在玩抬着圣母游行的游戏，他们在重演圣罗莎莉亚节时，大人们进行的年度宗教狂欢。孩子们甚至还把大人的手机放在木架子上，使得他们的模拟游行有了圣乐伴奏，因而更富有圣洁感。圣母的画像被别在睡裤上，用一根木棍捅着，他们选的那个圣母的脸很胖，表情惊恐，好像是被木头捅痛了，但又不好意思拂小人的心意而强自忍着。

我最后总算从这些央求着我给他们拍更多录像和更多照片的马路小天使们的包围中挣脱出来（他们还要我记下了他们亲戚的电邮和邮政地址），我微笑着摇头叹息："古老的魅力啊！" 这些孩子和他们的家长一样，也开始习惯在历史的喧嚣中沉睡，然后在颓败的自得其乐中找回自己的金光灿烂。

我终于赶在大教堂关门前抵达了我在此地的最后一站 。在这个 11 世纪建成的巴勒莫大教堂里，你可以看到拜占庭式、诺曼式、哥特式等不同建筑风格的叠加，教堂内的列柱上甚至还能找到阿拉伯语铭文，因为它也曾经是个清真寺。西西里一向是铁打的营盘流水的兵， 这个大教堂也是对本地历任统治者的一本立体花名册。教堂大厅葬着伯爵的祖先，腓特烈二世的遗体，在一个赫红色的石棺里，他的棺材外常有鲜花装点，那是西西里贵族对他的致敬。因为刚在腓特烈伯爵家愉快地住过的缘故，因此看到腓特烈二世的棺材停放在那里，竟然很有些惊喜的样子，好像他是朋友的七弯八转的朋友。

在前往机场之前，我拦下一辆 Ape 三轮机动车，让司机带我去海边的 L'Ottava Nota 餐馆。如果我想尽力为大家描绘西西里的金光，那么，西西里海胆不可缺席。西西里海胆黄的深橘红色和原产于日本北海道及以北沿海的虾夷马粪海胆黄的黄金色不同，它被染上了地中海日光的颜色，当你将海胆的硬壳劈开，你看到的是五瓣如阳光四射般的金黄色光芒，而这些五角星形的海胆黄其实是海胆的生殖系统：性腺。

让我最后再不吝描写一下那第一口西西里海胆面的滋味吧：它是迎面扑来的，某种海水带来的冷金属感，继而徐徐释放的则是海味的鲜甜，还有那隐秘的带着颓废感的奶油味。接着，辅佐的意大利面的平和口味及时驶来，这些杜伦面粉深处好像被安装了一个缓缓旋转的马达似的，持续地释放出温暖而充满弹性力度的男性力量，帮助你中和刚才那种穷奢极欲感的撞击所带来的不安。你定了一下神，再次深深吸了口气，准备好了，在意面铺开的那张平滑弹性又宽敞的被单上，舌头和海胆性腺又毫不犹豫地滚作了一团。你闭上了眼睛，然后你所应该做的，就是专注，专注于倾听海胆汁在面条上向前悠然滑动和整个世界在同速倒退的声音。这，便是我在西西里看到、听到、闻到和尝到的，最后一道金光。

TIPS

下榻：
巴勒莫伯爵宅邸的预订链接：www.contefederico.com/it/index_eng.php，房费 150 美元左右。

停驻：
1. Teatro Argento：成立于 1893 年的 Teatro Argento 是巴勒莫仅存不多的传统西西里木偶剧团，家族世代经营至今，是体验西西里传统文化和风俗的好地方。每日下午 5:30 开始有两场演出，每场半个小时左右，当场向戏班主兼售票员 Vincenzo Argento 买票即可。门票 12 欧元 / 人。
地址：Via Pietro Novelli，近 Via Vittorio Emanuele
邮箱：argentopupi@libero.it

2. Targa Florio 车赛：每年 5 月，巴勒莫进行的 Targa Florio 车赛起始于 1906 年，是世界上最古老的汽车赛事之一，分古董车和当代车两种，从 Piazza Politeama 出发，然后在 Madoni 山区盘山，被称为"赛车的摇篮"和"勇敢者的游戏"。
www.targaflorio.info

3. Ristorante Carlo V：西西里的海鲜最为著名，不要错过其海鲜拼盘，特别是西西里红虾，生吃，用橄榄油、黑胡椒以及海盐调味，那个大虾头一咬之下，一包姜黄色的脑浆流出来，美味极了。
地址：Piazza Bologni, 22, 90137 Palermo, Italy

CHEERS
FOR THE
ENCOUNTER

伯爵家的舞厅，地板上的瓷砖画的是巴勒莫的旧地图

顶楼的骑士厅

河内郊外，遇见
孤独画家的枯山水庭院

THE CHARACTER LE HONG THAI HOUSE

国家 越南
城市 河内
住宿 画家的家
特色 越南画家一手改造的百年老房，拥有禅意的枯
山水庭院以及主人和你分享的安宁日常生活

　　记得当我在 Airbnb 上预订这个位于河内的，名为 "The Character Le Hong Thai House" 的住宿时，曾在住客要求栏里战战兢兢地发问："既然黎先生是屋子的主人，请问我们能不能最起码和画家见上一面？"对方很快接受了我的订房要求，但并没有搭理我关于能否见面的要求。

　　好在这个关子并没有卖很久，两周后，当我和女伴卢卢真的抵达河内，睡在了黎先生位于河内市郊龙边这栋房子 2 楼的卧室里，我才意识到难怪对方无须回答这个问题，因为我们不仅可以见到画家，我们甚至听到了画家此刻就在楼下轻轻的咳嗽。

　　在接下来画家家中的 3 天小住中，我们习惯了每天早上，画家为我们煎蛋的香味通过木头地板缝隙传到我们鼻中，然后看他清扫庭院，浇花弄草，整理他房子前的枯山水庭院；我们习惯了

每天晚上，当踏月乘星外出归来，如果客厅没有灯光，那是他在打坐，如果灯光如豆，那是他在作画，但总有壁炉里的火在燃烧，也总有他在干完自己的事后，为我们沏上的茶。那3天里，他都穿着那条他买自琅勃拉邦的宽松的长条纹棉麻裤子，乍一看，就好像一条睡裤。

黄昏灯光中的抵达·

从河内内排国际机场出发，在夜色中行驶了55分钟，过了龙边桥，再行驶15分钟左右，在一条和主马路平行却又低陷下去的小马路上，一个荒芜的蓝色铁门处，就是"445, Ngoc Thuy, Long Bien，Hanoi"。门对面是倾斜的路基，路基上种满了野菜。隔壁是个仓库一样的地方，看门人见到我们，一心要示好，说只要我们愿意，就不妨爬上去采摘些菜，这是大家种的，随便摘吧。我们谢绝了他的好意，在445号前那个好像已经长久没有人居住的铁门前呼喊起"Hello，Hello"（你好）来，没有人应答。因为是两个人，再加上出租车司机，我们壮起胆推开了并没有上锁的铁门，穿过一个堆满长短不一木材的甬道，眼前是一个日本枯山水庭院，有从两层楼房里泄漏出来的不明亮的灯光，庭院后还有一个两三平方米大的长方形小水塘，水塘里支着两架缝纫机，缝纫机不是用来缝衣服的，是用来摆放各种小盆景园艺的。

当我们推开房子的法式落地门，在昏黄的灯光下，烧着柴火的壁炉前，终于看到了房间的主人：黎先生本人。他正披着毯子在打坐。他显然没有料到我们的从天而降，但也全然不吃惊，毕竟他知道我们会在今天抵达。另外，他看上去不太像个画家，而更像一个泰拳手，而他挂满画作的客厅中央，的确从木头房梁下，挂下来一个拳击沙袋。

黎先生结束了打坐，为我们沏了茶，并带我们上下参观了一下这座他15年前买的宅子，一个越南北部山区式样的百年老房子。他自己重新翻修和装饰了这个包括一个大客厅、一个卧室、一间客房的老屋，前院旁还有一个画室兼仓库。他刚搬来这里时，还是一个春风得意的青年画家，其作品已经在德国、芬兰、日本、美国等地的博物馆和画廊展出，在河内以及巴黎的欧亚艺术之家开个展，那是这位来自海防的科班画家艺术创作的井喷期，他也和他的画家同行一样，喜欢去开发一个背靠城市又很幽静的世外桃源一样的村落进行居住和创作。他说那个时候，这里周围全是水，没有什么人烟的。让我想起1995年，彼时30岁出头的他，在河内的娜塔莎沙龙做的第一个展。对越南当代艺术界熟悉的人定也熟悉娜塔莎沙龙，那是一个叫娜塔莎·克雷夫斯卡娅的俄国人和她的越南画家丈夫在自己家里办的沙龙，在20世纪90年代初，那是唯一一个免受政府监控的展览空间，它为越南艺术家提供了一个抒发他们艺术自由和创新的空间。他的那个个展的名字恰巧叫作"溺水＝坚固"。也许水，对他来说是一种亲切的意味，我不由得将视线转移到落地门外，那些浸在水里的缝纫机上。

我们在他的房子里漫步，在很轻柔的背景音乐中，观摩他的一些画作。黎先生是越南最早一批用磨漆画这个传统技法来呈现过去20多年来，西方和现代文化对越南当代社会冲击的画家。根据互动百科的词条解释，磨漆画"在借鉴传统漆器技法的基础上，融入现代绘画艺术手法，将'画'和'磨'有机地结合起来，使制作出来的画具有色调明朗、深沉，立体感强，表面平滑光亮等特点"。因为磨漆画在创作工艺上，会利用上漆的厚薄不匀，进而使得画面产生富于变化的明暗调子，从而富有立体的观感，所以他的那些构图简单的画作中，那些鸟儿或者人好像有种呼之欲出的感觉。他的画中，也经常有沉重暗色，深色正装的强权人物和轻灵跳脱、衣着鲜寡的少女在同一幅画面中争夺着你的视线。

我们来到2楼。卧室在2楼，非常高，有三角形的尖屋顶，2楼上方还搭建了一个阁楼，被他改建成一个神龛，供奉着菩萨，是一个小小的崇拜的空间。他指给我们看我们的两张大床，如果没有客人，那就是他晚上的安寝之地。我们因此有点鸠占鹊巢的感觉。2楼还有一个老式浴缸和一架三角钢琴。钢琴上有一个玩具金正日胸像，

浴缸旁的装饰画也颇具意味

金正日怀抱着一枚核弹头，墙上则挂着一幅有金正日和其跟班以及一个撅着屁股的娇俏自行车少女的磨漆画。他说，金正日是个很有力的人。

我注意到他的艺术家履历显示，从 2002 年后，除了 2010 年在美国和别人举办过一个联展后，黎先生就没有举办过其他画展。询问原因，他说他还在政府的黑名单上，因此在越南国内他并不能举办画展。而他的个人兴趣也有所转移，近几年来，他开过餐馆、红酒吧，最近又开始搞这个民宿，不知这些是他真的兴趣，还只是生活的压力。我问他闲来喜欢干什么，他说"do nothing"，什么也不做。我也注意到了他的书桌上有本越南出的《经诗集传》，随便翻开一页，书里用两三页的越南话反复在解释着那一句"投我以木李，报之以琼玖。匪报也，永以为好也！"

房间里有很多的灯，一组一组的，开关又散在各处。每晚关灯的动作因此就好像一个在剧院值更的场工在下班。我最后关上了用头盔做灯罩的灯，和阁楼上的菩萨，钢琴上的金正日，墙上挂着的一个个纯真迷惘的少女，以及楼下客房里的主人一起入睡。

煎蛋和耙枯山水的早晨·

我们是被早晨穿过地板扶摇而上的煎蛋香味叫醒的。这里的公鸡在半夜已经鸣叫过了，所以此刻，倒只是听到了鸡蛋和培根在煎锅里发出的絮语声。7:30，黎先生在厨房为我们做早餐。他将有一个"忙碌"的早晨：为我们准备完早餐，他要料理前院，然后他的两个女性朋友会来他家喝茶。早餐时我向他提起一个关于房费支付的技术性问题，他为难地一笑，说关于钱的事，他搞不太清楚的，建议我和他的朋友方小姐联系，她在帮他张罗这些租房的事务性的事情，方小姐等会儿就会来喝茶。之前 Airbnb 上的那些关于住宿的电邮沟通其实也都是方小姐或她的先生斯坦在为他操作。事实上，这两天，画家的电脑也都坏了，他说他在等他的朋友将自己的电脑转送给他。

他用过智能手机，但不喜欢，现在用的还是老式的手机。

　　就在早餐和方小姐来的间隙，他开始照料他的花园。他在浇花时，举着水壶，站在小池塘中间的鹅卵石上，面对着芸芸众花草，这个身材矮小的人竟有着某种武士提剑的气概。然后又坐下来，检视着他麾下的，披着小陶小土罐盔甲的盆景兵团，时而又捻捻或摸摸那些小花小草，好像它们真的是曾经跟随他征战沙场的近卫军士。然后黎先生开始用钉耙细细地耙制院子里的白砂石，形成一圈圈以一个小盆景为中心的同心圆。他显然已经把这件需要将心力、体力结合得很好的禅修练习做得很好，如果有时间的话，他有时一天会细耙两遍庭院，因为他养的那 6 只猫随时会将完美的圆圈纹搅乱。他说当他在做这件事时，会感觉自己很老。

　　来接我们的两个 NGO 组织的年轻人按照我们提供的地址找到了这里。他们是河内人，可是却从来没有到过龙边桥对面的这个都市里的村庄。他们自述当站在门口，瞪着那个破败的铁门，他们犹豫了些许时间，心想他们的客人怎么住在这个地方？可是当他们一进来，看到那个院子和正在耙枯山水的黎先生，都情不自禁地"哇"了一声。他们本来是要来接我们去河内农村走访一个微型贷款项目的，可是他们现在几乎也不想走了，想和这个画家好好聊聊。

　　随着方小姐和另外一个女士的到来，画家的屋子从极其清冷的所在突然变得有些过于热闹了。我和方小姐事先有过接触，是在 Airbnb 订房的时候，她是黎先生的朋友，也成了他的租房经纪人。方小姐也是黎先生的邻居，她说 8 年前她和自己的法国丈夫决定步黎先生的后尘从河内老街搬到这里，自己买了地造了房，她还有一个朋友索性将越南中部会安的一所老屋拆了，用火车运过来，然后原封不动地复制在了这里。这里附近还有一些画廊，有一些画家住着，但画家之间的联络并不密切，黎先生说他也不太和其他住在这里的画家来往。方小姐本人是开旅行社的，她先生十年前以社会学家的身份来到越南，现在则兴致勃勃地经营着家里的越南餐馆和法国餐馆，也抽时间回复那些写给黎先生的订房电邮。

CHEERS
FOR THE
ENCOUNTER

花园一角

画家在打理他的枯山水庭院

雄鸡会放声啼叫的子夜·

在河内农村待了一天，然后又去了离黎先生不远的方小姐的家。当我们晚上 10:30 回到黎先生住所时，画家正在根据一张被吹飞起裙子的少女的照片进行水彩临摹。我问，你不是说已经很久不画画了吗？他说现在经济情况不太好，他在考虑重新作画赚点钱，商业化的，甚至也不介意用一个新的名字，因为名字只是一个符号而已。"每个人都是'nothing'"，他补充说。

黎先生给我们倒了茶，还切了一块牛轧糖让我们当茶点。我告诉他，我们后天清晨 5:50 就要去机场。我说隔夜为我们叫好出租车就好了，他说他要起来送我们，反正他也要早起跑步的。我们觉得相当不好意思，每天看他起得比我们早，睡得比我们晚，我们的到来好像把他恬淡的生活搅得有些乱，就像破坏他枯山水的 6 只猫。不过我还是有义务告诉他，刚才在方小姐那里，看她接了一个要在你这里住 10 天的订房要求。他苦笑道："也许这次我得考虑自己去住酒店了。"

我注意到昨夜在我们入住后，黎先生还没有来得及从浴室拿走的牙刷，现在正待在他的书桌上。他是个对待客毫无经验的人，但又在努力地修正着。比如第一天在浴室没有出现的沐浴露和洗发露，现在已经悄悄出现了。不过我们最终还是没有找到空调遥控器，这让那台东芝空调和房间里的胜家缝纫机以及老掉牙的梅赛德斯打字机一样，都成了纯粹的摆设。但是我发现我枕边的床头柜上，却悄悄地出现了一本雷纳德·科恩的诗集《希望之书》。这本书的出现，让我暂时不再介意此时房间的低温，而只是隐约希望回到 12 月底，希望是清晨 4:00，希望自己在听曼哈顿下城、克林顿街整个傍晚的音乐，希望写一封信给一个模糊的人，最后的落款是 Sincerely（忠诚的）。

然后就是半夜 12:30，窗外又有雄鸡开始啼叫。看了看表，嗯，比昨天还早了一个半小时啊。

河内的最后一顿晚餐·

在河内的最后一顿晚餐，我们本来没有特别的计划。黎先生说："不如我来做一顿晚餐给你们吃吧。不过趁着现在夜色没有降临，我得到家附近，方小姐母亲的菜园里摘些菜。你们愿意一起去吗？"

去菜园的路上，他指给我们看当初吸引他住到这里来的朋友的房子。两栋从外表上看上去无异的房子依然肩并肩地存在着。朋友那辆 20 世纪 70 年代的奶黄色凯迪拉克依然停在荒草之中，早已锈迹斑斑，曾经喧嚣的时髦艺术青年的座驾，现在更像是一个类似存在于创意园区的艺术装置。朋友已经去世了。

黎先生说他其实在考虑搬到新的地方去住，比如越南南方。他说自己现在喜欢西贡多一点，因为西贡发展得早，现在和过往的变化反而不太大，而相比之下，河内在过去 5 年变化实在太大。对他而言，越南从整体来说，从 10 年前开始变得越来越不令人喜欢。

菜田就在顿河河畔。虽然此刻应该是一天中最美的落日后的暮光时刻，但河内连日的阴天让此刻的河畔毫无景致可言，河边的旷野舒朗，都是村民利用空地种的蔬菜，河上有些稀稀拉拉的机船和半沉没在河水中的吊车状机械建筑，让我想起在平壤看到的大同江，它们并不负责承担河流通常具有的诗意意向，它们的存在似乎只为了展现生活的沉重。黎先生遥指了一下西北方向开阔的河域："那里是红河。"此刻我们眼前的那条没有波澜的顿河将在那里并入越南北方最大的河流，红河。

我们趁还有些天光，赶紧先到地里摘了菜。回家的路上，暮光被尘嚣完全吞没了，来时的小路甚至连路灯也没有。我们近乎沉默地走路回家。我觉得我有打破沉默的义务似的，问了个近乎白痴的问题："你寂寞吗？"看他那么气定神闲的样子，我以为他会说，"怎么会？"没想到他呵呵笑起来，"当然，相当寂寞啊。"然后我们就听任了这样的沉默，一路无语地走回了家。

黎先生为我们做了蔬菜沙拉、油煎茄子片，用高压锅炖了鱼，下面铺垫了我们刚摘来的菜，还有芒果酸酪做的甜品。其中最特别的是一道所谓的"穷人菜"，那是来自他母亲的菜谱。他说是多年前战事不断的年代，大家日子很穷苦的时候吃的。这是一道原料简单的番茄汤，酸酸甜甜辣辣的，好像冬阴功汤，在需要穿厚衣服的河内晚冬的夜晚，极其贴心熨肺。他说朋友的哥哥在战争年代去世，再也没有回来。他重复了一遍，再也没有回来。于是，一场惨烈的战争，就成了多年后，河内人家里的一碗冬夜的，冷暖自知的番茄汤。

晚餐场面温馨得令人有些伤感，幸好有一只小猫不停地上蹿下跳，企图和我们分享那条鱼。他说他多么怀念自己坐在当中，然后一边是女儿，一边是儿子，一起在电影院里看电影的年代。现在女儿长大了，18 岁了，再也不要和他一起看电影了。我说："越南导演在中国，大概就属陈英雄最有影响了吧。"他淡淡地一笑："陈英雄是我的好朋友啊，他去年回越南我刚见过他。我喜欢他的新片《挪威的森林》。"我说："他在国外拍艺术电影的自由生活不错啊。"他说："我在这里做晚餐吃晚餐也就是一部自己的电影啊。"我问："你现在最想完成的项目是什么？"他说他想造一座塔。

第二天清早 5:30，我们提了行李下楼告别。黎先生已经坐在了生好的壁炉前，好像一夜都没有动。这也是我们昨天告别时，他的样子。送别的茶已经沏好了，除此之外，一切一如我们 3 天前刚抵达时的模样。

只为和你们相遇

☾ ✦

CHEERS FOR THE ENCOUNTER

T I P S

下榻：
河内画家房间预订链接：zh.airbnb.com/rooms/1747752，
房费 $100 左右

停驻：
1. 河内微贷之旅：让你有机会在领略河内乡村风光的同时，
将自己旅费的部分用于帮助当地妇女进行微创业。河内微
贷之旅的报名链接为：www.bloom-microventures.org/
vietnam/book-a-tour
每周六基本都有，历时一天，费用为 $75/ 人，22 岁以下为
$60/ 人。如需在非周六的日子前往，可以单独写电邮 (info@
bloom-microventures.org) 和 "Bloom Microventurs"
联系具体细节和费用。

2. 河内免费导游 (Hanoi Free Tour Guide)：该组织是城
市友好大使性质的组织，免费为游客提供河内市内半天或
者全天的多语种导游，大多由在校大学生担任。

3. 本地美食之旅：在越南，街头存在着最自然主义的厨子，
进餐馆有些可惜，在穿街走巷的过程中，大胆地尝试那些
担子上的街头小吃吧。

4. 也不妨参加这种有本地人参与设计好线路的美食之旅：
streetfoodtourshanoi.blogspot.com，如感兴趣，电邮
Tu:tuvancong2003@gmail.com 和 Mark:lowiemark@
yahoo.com.au 咨询详情。

画家家的门厅

画家给我们做的晚餐中的一道：油煎茄子

CHEERS
FOR THE
ENCOUNTER

临行前的晚餐，画家亲自为我们下厨

好莱坞"最美丽的脊椎动物" 曾经睡在我的房间

AVA GARDNER USED TO LIVE HERE

国家 美国
城市 伯班克
住宿 好莱坞女星艾娃·加德纳的故居
特色 比好莱坞女星前尘往事更精彩的，是热情的
现任主人和她的马

　　好莱坞老派女星艾娃·加德纳的前半生一直忙着和当时美国闻名的那些音乐人们结婚和离婚。这位女演员在一次又一次离开丈夫或被丈夫离开的过程中，开始在银屏上逐渐生辉，当她在 1999 年被美国电影学会评为"二十五位百年来最伟大的女演员"时，她和肺气肿、失调的免疫系统苦苦做伴。虽然她的伴侣：演员米基·鲁尼、爵士音乐家阿特·肖和歌手弗兰克·西纳特拉相继离开了她，人到中年时，甚至她自己的子宫也弃她而去，但香烟、老酒不离不弃地陪伴了她一生。

　　我选择这样一种方式来追寻艾娃·加德纳令人心碎的婚姻生活·

　　如果想要追寻一下这位好莱坞彗星美人有些

令人心碎的婚姻生活，你不妨挨个住一下她的前夫们位于洛杉矶地区曾经的故居，恰巧，这些房子至今还都能被租到。在我最近的一次南加州路旅时，我试图去住艾娃的第一任丈夫米基·鲁尼曾住过的一个两卧的乡居，它隐藏在好莱坞西面 30 多公里的托潘加峡谷内。你能在 Airbnb 上找到，每晚 220 美元，但是现任房东规定 3 晚起住，我没有足够的时间；我也可以住她第三任丈夫，弗兰克·西纳特拉曾经的家，那是一个坐落在离好莱坞东南 150 公里左右的棕榈泉的美国中期现代主义风格的豪宅，你可以在一个高端租房网站上租到它，不过它的开价是每晚 2600 美元，我没有足够的预算。

　　所幸，艾娃还有第二任丈夫阿特·肖，他俩曾在好莱坞东北方 12 公里左右的伯班克的一个低调朴素的民宅住过近一年，这个民居价格合理，85 美元，而且容许我只匆匆停留一晚，难以相信有这样的好事，我当即就在 Airbnb 上提出了预订申请。也正因为住在那里的一晚，我从现主人处知道了这一对明星夫妇当时会住在这样一个面目平常的中产住宅的原因：彗星美人富有心计的丈夫打的小算盘，让我有了机会住到了她度过生命中一段晦暗时光的房间。

"我们盼望见到你们。你俩对什么过敏吗" ·

　　在 Airbnb 的房源介绍上，这个房子现在的主人似乎更为他们的家马而骄傲，虽然他们也提到了艾娃曾经在这儿住过，但在个人介绍里，还是突出介绍了家马可是上过不少杂志的明星。于是我立刻全力以赴地写了一个申请入住的请求（虽然被房东拒绝的可能性很小，但每次还是好像去签证途中般的惴惴），结果显然有些用力过度，把房东太太菲利斯吓到了："你的旅行经历如此丰富，但愿我们不会让你感到有些无聊哦……"

　　出发前，我收到来自菲利斯的短信："我们盼望见到你们。你俩对什么过敏吗？比如对花生、对花、对猫？你们吃酸奶吗？你们喝咖啡吗？"这样的问候，这样的关切，即使她家没有上过杂志的

房间的外景

主人为我们准备的一些艾娃的资料

CHEERS
FOR THE
ENCOUNTER

主人养在后院的明星马，据说上了不少杂志

马儿，没有艾娃住过，我们依然不会感到他们无聊，因为我们至少可以谈论过敏、谈论酸奶、谈论咖啡还是茶什么的。

房东竟然从后院里牵出了一匹马·

虽然我事先已经知道这家人有马，可是我以为它们被寄养在远郊的马场，所以当我和旅伴乔安娜走进这个美国典型市郊民宅那并不宽敞的后院，看到菲利斯的先生兰迪牵出一大一小两匹白马，正准备去离家 800 米外的洛杉矶马术中心遛马时，我们惊呆了，以至于暂时忘记了艾娃。他看上去就好像寻常人要陪狗兜一圈那样。这个街坊不少人家的后院都有马厩，都会出了家门翻身上马，在摩登的城市马路上策马而行起来。

而菲利斯，和她事先在短信联系中所呈现的活泼个性一样，是个在门口就开始拥抱你，并大声告诉你自己年龄的美国中年女子。这个曾经的外百老汇戏剧演员、后来的法律助理、现在的驯马师刚刚从一场为期 15 天的病痛中恢复，但因为生性害怕看医生，所以她索性吃了马的抗生素，病竟也如愿好了。

就在她带我们在房子里兜一圈的时候，我发现她家就好像一个俄罗斯套娃，藏着各种人和动物，除了餐馆有一个随时准备溜出家门的猫，后院有两匹马外，我们还得知，车库里还藏有一个无法偿还银行贷款而不幸失去了房子的音乐人，被他们暂时收留，而房子另一个小卧室里，还有个来自阿尔的 24 岁法国女孩，正在离此地 5 分钟车程的迪士尼实习。我们的加入，将为这座房子增添一个旅行作家、一个以烘焙为职业的数学女博士。而兰迪，这个戏称自己为"马丈夫"的男主人，除了为他的太太遛马，还是一个律师，并在孕育一家小电影制作公司。

信不信由你，艾娃夫妇当年，就睡在这个房间·

兰迪带着我们穿过了摆有各种与马有关的装饰物和奖章的客厅及走廊，最后来到一个简朴的卧室，房间内很整洁，没有什么特别的家具，他说："这就是你的房间，信不信由你，艾娃夫妇当年就睡在这个房间！"我有点将信将疑，但我总得接受这个说法，事后，我在屋角写字台一堆 A4 纸里，看到一些主人做研究时打印出来艾娃的黑白照片和历史，我才意识到，艾娃的确曾经屈居于此，就在大约 70 年前。

1941 年，这位佃农的女儿，带着一口让加州人完全无法听懂的北卡罗来纳乡音，来到好莱坞，来到米高梅。为了掩盖自己浓重的乡音，她当时寄到好莱坞的样带都是无声的。而就是这样一个从北卡罗来纳烟草地走来的乡下妹子，因为有着曼妙的身材，把爵士音乐才子阿特给迷住了，他再次跌进了自己无法走出的怪圈：被容貌和大脑倒挂的美女搞得神魂颠倒。这个在米高梅忙着跑龙套的女孩子为了让自己和心爱的男人更匹配，甚至跑到加州大学洛杉矶分校进修。

我一直疑惑这对好莱坞伉俪怎么会住在这么平凡的居民社区，而不是贝佛利山庄或者贝尔艾尔？兰迪说你们是要听简单版还是完整版呢？"完整的！"于是他索性坐在了就近的一个木箱子上，开始眉飞色舞地讲起了 70 年前发生在这件屋子里的星尘往事。

这是一个典型的《窈窕淑女》般的故事，这个习惯了在松软的烟草泥地上赤脚行走，而被人戏称为"赤脚女伯爵"的姑娘，是真美。她先让好莱坞童星米基·鲁尼神魂颠倒，但婚姻持续了很短的时间。当时如日中天的阿特迅速接盘，可是这个从不读书也没有见识的超级花瓶很快就让才子厌倦了，毕竟阿特是个世故的知识分子。他开始考虑和她离婚，但他又不想让她分到财产，于是才子悄悄卖了自己在贝佛利山庄的豪宅，租了这个伯班克的房子，对艾娃说这个房子离电影棚比较近，便于刚刚起步的她扩展演艺事业，而私下里的小算盘则是离婚时，自己账面上没有共同财产可分。

而不巧的是，就在他们租下此房不久，房东要搬去的新房出了问题，不能如期入住，房东还有 2 个孩子，于是房东一家只能暂时还是住在主卧，新房客则屈居在小小的客房里，这个两卧的房子就这样住了两户人家 6 个人，其中两个还是明星，这样的状况持续了好几个月。

"你怎么知道这些狗血情节的？我问兰迪。"是邻居们告诉我的，那些八九十岁的老街坊，他们年轻时，都见过艾娃。"兰迪提起这里曾经的住客，眉飞色舞，"她真是一个大美人！"他有些无可救药地爱上她了似的说。

房客劝说房东必须得涨房价·

离开阿特和艾娃曾经住过的房间，穿过客厅和餐馆，我们来到一个小小的后院，打开尽头的一扇木门，就是马厩。我们就这样从艾娃的时空，轻轻跳跃到了菲利斯的时空。马儿在后院一个小小的空间活动，当时的情景有点超现实：满月下，尚有一些晚霞的粉红色余光，你在城郊的小小后院里，遇到了温良的白马。当我们稍微走近栏杆，小马驹就好像那些表示兴奋欢迎之意的狗儿一样向我们一溜小跑而来，来势迅猛，我们不得不迅速地后退一步。

我们坐在马厩对面的木椅上，和主人聊起了天，这往往是在陌生人家里最舒适的一刻。在最初的冰被小心地破开以后，我们之间已经不再是互相提防的陌生人，我们放下了戒心，取而代之的则是，对彼此的好奇心。20 年前，菲利斯是洛杉矶地区做得最出色的律师助理之一，在事业成功的背后，她也感到深深的疲倦。她和办公室的秘书闲聊起，各自说起自己的愿望：她想重拾儿时的骑马爱好，秘书想学帆船。于是，两个女人说一不二就辞职了，一个跨上了马，一个扬起了风帆。菲利斯说，所幸兰迪很支持，兰迪在旁边轻咳了一声："我当时支持你骑马，我可从来没有说过我们要买马啊！"反正，目前家里的情况就是：已经来来去去有过 4 匹马了，兰迪只有接过缰绳去遛马。

不和马儿在一起的时候，菲利斯和自己 Airbnb 的客人在一起。我迅速地和她提起她的房价真心便宜，她说："是啊，曾有两个房客严肃地和我谈过，劝说我必须涨房价！"但是她却想让那些初到社会闯荡的年轻人，特别是女孩，在异地有个安全舒适又承受得起的房间住。因为她感怀年轻时刚到纽约闯荡，那时，她是个外百老汇的演员，也跳芭蕾舞，她和女朋友们和安迪·沃霍尔那样的男人混，她说："我们住那些乱七八糟又贵的地方。所以现在我有机会的话，我想让那些初出道旅行或者工作的女孩子，有机会住得起一个正正经经的地方，重要的是安全。"

我们聊起他们家接待过的来自五湖四海的人，菲利斯说："我们的第一个客人是包着头布的锡克人！"这个言谈举止总有些信马由缰的女驯马师做出一副惊慌失措的样子，"我连忙打电话问我的女朋友，对于这样的客人在风俗文化上要注意些什么？是不是家里不能有猪肉？"朋友的建议是："素食，没有酒精。"兰迪在旁边迅速插嘴说："啊？什么？我和他在院子里喝了不少啤酒呢！"

"赤脚女伯爵"离开这里，等待成为"最美丽的脊椎动物"·

1946 年，艾娃离开了阿特，离开了伯班克的斯帕克斯街和西河滨街拐角那座毫不张扬的中产住宅。她走向了前往《杀人者》拍摄现场的路，那部由她主演的、改编自海明威作品的电影成为了艾娃事业的转折点，艾娃开始步上星云，她不再是那一个被人略带嘲讽意味称呼的"赤脚女伯爵"了，她已经开始为"海明威剧作女主角"这个桂冠镶上了第一颗钻石。这个在碰到阿特之前，一本正经的文学著作只读过《飘》和《圣经》的农户女孩子，成为了改编自海明威作品的电影的首选女主角。这座她待了一年的房子，和阿特这个和她短暂相处了两年的男人，都已经成为了桂冠上的尘埃。

而她此时尚且还不知道，这个夸张的世界，已经在悄悄地准备着，将她命名为"最美丽的脊椎动物"，为她集于一身的野性、美艳与性感。她只想离开阿特，离开西河滨街 1601 号，离开这个见证了一段沮丧男女关系的屋子。她以精神虐待为理由提请了离婚。她的身后，即将有一朵蘑菇形状的星云会爆炸，但此刻，你只能闻到这个中产郊区沉寂的空气味道。

而我们，也到了告别伯班克，继续向北展开我们剩下的路旅的时候了。那天下午，正是超级碗（美国国家美式足球联盟年度冠军赛）的时间。和我们的房东告别，菲利斯又嚷嚷了一句："你们下午没事干的话，可以回来和我们一起看超级碗啊！"兰迪躲在太太的身后，向我们眨了眨眼，好像在说："嘘！让我们暂时不要告诉艾娃，她的下一任丈夫是弗兰克·西纳特拉！"

TIPS

下榻：
文章中所写的那个故居，艾娃·加德纳与其第二任丈夫阿特·肖居住过的房子，位于离好莱坞 12 公里左右的伯班克，zh.airbnb.com/rooms/960062，房价 $85。

艾娃·加德纳在离开好莱坞西面 30 多公里的托潘加峡谷内的故居可以在 Airbnb 上找到，zh.airbnb.com/rooms/739983，房价 $220，3 晚起住。

艾娃·加德纳在托潘的第三任丈夫，美国著名歌手和演员弗兰克·西纳特拉曾经的家，坐落在好莱坞东南 150 公里左右的棕榈泉，你可以在一个高端租房网站上租到它，luxury.homeaway.com/vacation-rental/p3586233，房价 $2600。

停驻：
作为好莱坞另一经典，和好莱坞日落大道齐名的穆赫兰道（Mulholland Drive）是条长达 21 公里的、穿过圣塔莫尼卡山区的山间道路，驾车其上可以俯瞰洛杉矶盆地、圣佛尔南多谷和好莱坞白色标记。如果你也喜欢看《穆赫兰道》这部电影，那么这段小车旅值得一行。

农场深处的
异域孤军传奇

国家 中国
城市 清境
住宿 清境农场眷村的一家民宿
特色 民宿主人为驻缅老兵的后代，能听到很多传
　　　 奇故事

　　台湾中横公路贯穿分隔台湾东岸与西岸的中央山脉，从平地缓升到 3000 多米高的合欢山，其中会经过台湾最高的公路点，3275 米处的武岭。经过此处的人们往往期待着可以一睹合欢山的日出、云海或星河，可是，这条靠动员了 1 万多名退役人员，基本靠手工辅以十字镐与炸药造就，最后平均每公里牺牲一人余的公路本身，对我来说已然是气象万千，让你油然地珍惜此时，在台湾的屋脊穿行的壮阔感的背后，渺小的个人所能凝聚的摧枯拉朽的力量。

　　当汽车在大禹岭转入中横公路的雾社支线，即台十四支线，我来到南投县仁爱乡一个名为"清境"的所在。清境现在固然已经成为有台湾岛小瑞士之称的山间度假胜地，然而就在 1961 年 2 月，从缅滇金三角战区撤回来的 77 名老兵，连同眷属共 206 位抵达这里从事农垦开发之前，清境是

1961 年的博望新村

2014 年的博望新村

只有原住民居住的水电全无的荒山野岭。"清境"名字的由来是蒋经国视察此地时，有感于此处"清新空气任君取，境地幽雅是仙居"，而将原来日本侵略时期遗留下来的名称"见晴农场"改为"清境农场"。

这个眷村坐落在海拔 2044 米高的清境·

清境，海拔 2044 米。清晨 8:00，博望新村大多门扉紧闭。现在还有 30 多户住家，百余人在清境的第一批眷村中居住。当年的老兵们大多已辞世，再也没有早二三十年前，一排手拿着竹制的半米长的水烟斗慢悠悠地吸着，蹲坐在屋檐下的老兵伯伯们；你也无法再听到烟从水中划过的咕噜咕噜的声音，他们的摆夷（即大陆所称的傣族）太太们用摆夷话和孩子们说话的声音，第二代的孩子们用云南话回答母亲问话的声音。此刻的眷村当真是一片清静，只有一户人家门开着，有妇人在整理自家种的当归。她说："当归的根用来煮鸡汤，叶子用来煎蛋，晒干了就是中药。"

博望新村现在由这群拓荒老兵的第二代或者第三代居住，老兵的太太们大多依然健在。当年老兵们在滇缅边境打游击时，不少人和当地人结婚生子，找的是比他们年轻十几二十几岁的缅甸或者泰北少数民族姑娘。撤退来台后，这些眷属也在台湾落地生根，因此造就今日清境的摆夷传奇。博望新村附近的鲁妈妈餐馆经营着清境地区最有名的云南摆夷料理，眷属老板娘刀玉皎回忆自己和跟着丈夫李弥将军的婚恋时，如是说："他们打起仗来，住在我们村子隔壁；他们都来来去去，没有家，我看他们可怜，就跟他们聊天，就谈恋爱，就结婚这样子。"接下来的情形，如果用这位老板娘说话的句式，就是：我们接着就上了接老兵撤回台湾的飞机，就离开了热带丛林，就来到了高山温带，就再也没有回去这样子。

博望新村村口是一间装修简单的松岗异域孤兵事迹陈列室，村子尽头则是一座叫作庆安宫的庙，除了主神城隍爷，庙里也同时供奉着福德正神、中路财神、山王爷、南鲲鯓王爷等，这座庙是清境社区居民主要的信仰中心。庆安宫旁还建造了一座供老兵下棋、聊天的八角亭，并在周围铺设了小桥流水，池塘边有全村村民树立的一尊蒋介石半身雕塑。那是他们的忆旧中心。

解甲归田的老兵们·

1961 年，206 位飘零异乡的男女老少从泰国清迈机场飞回台湾屏东机场，先去成功岭受训，然后坐巴士来到他们的新故乡。这些在海外颠沛多年的老兵关心自己的身份，因为他们说："我们撤退时是有组织带着武器的，所以我们不是难民，而是移民。"蒋经国接见了他们，说，你们现在被称为"义民"了，就此含糊地解决了这群非兵非民身份独特人士的身份界定问题。

老兵们解甲归田，当时他们被分别安置在两个眷村：博望和寿亭，其中年纪稍长、三口以上的人家被分配居住在海拔较低的寿亭新村，较年轻的两口之家则住在海拔较高的博望新村，而博望新村因位置偏远，反而较好保存了某种原生部落的风貌，遂成为清境眷村的代表。他们就此放下枪杆子，操起锄头圆锹，借助和当地少数民族的合作，开始了他们的高原垦荒生活。他们又可说是幸运的，还有一些再也无法撤回的老兵，有些就此流落泰缅等地，成为没有国籍的亚细亚孤儿。

从挣扎在缅甸丛林的军人到台湾岛垦荒队长·

清境此行，我心里的愿景就是如果能碰到老兵眷属就好了。当日下榻在"自在客"网站上找到的民宿见晴花园度假山庄，晚上在其附设的云之南餐馆享用晚餐，眼前是一桌丰盛的摆夷特色菜，印象深刻的有云南大薄片，那是一道用杉木烧烤的猪头肉，然后用冷水浸泡 8 个小时后切薄片，最后将其拌入高丽菜和特殊酱料的云南风

曾经的垦荒地现在是见晴花园（见晴花园／提供）

清境山景

CHEERS
FOR THE
ENCOUNTER

见晴花园民宿里可远眺清境群山（见晴花园／提供）

味凉菜。此外，还有云南赛鸡枞，因为没有新鲜鸡枞，用杏鲍菇代替，因地制宜之下，倒也的确富有赛鸡枞的豪气；还有云南酸木瓜鸡汤，酸木瓜倒是从云南进口，吃口酸酸的，在乍暖还寒的初春山地，用来暖身子提胃口极其适合。

我和老板娘杨金龄聊天，她说她母亲是摆夷人，这些菜正是母亲一手传下来的，老人家当年跟随当兵的先生来到这里，其先生正是当年的老兵！其父杨油当兵时是国民党军队的团长，撤回后，成为垦荒中队长。见晴花园民宿的所在地，就是当年退辅会分给杨老伯一家的垦荒田。杨老伯一家分得一甲四分地，当时退辅会安置是以1961年12月31日为基准，金龄的姐姐恰好出生于那一天，这个懂得在合适的时间诞生于世的姑娘就这样为家里多挣得了一分七厘五毫地。杨老伯辞世已9年，如果健在的话，今年应该96岁了。

对于杨老伯来说，当年撤回台湾并非心甘情愿，祖籍云南保山的他更认同中南半岛的热带气候。1953~1954年间，在缅甸向联合国提出控诉后，驻缅国民党军残部迫于压力，曾进行第一次撤军，杨老伯所在的师不愿撤回台湾，宁愿继续打游击，在他们看来，陌生的台湾带着太多的未知数，而在缅甸，至少"到一个村吃米是一个师都吃不完的；猪是随时都有，鸡也是老百姓切成一片一片的……"，于是他们撤到泰北。1961年第二次撤军时，他依然不想回，直到一个老同事奔走相告："我看到你太太上了飞机了！"杨老伯这才不得不登上飞往台湾的飞机，就此为他的异域游击生涯画上句号。比他年轻15岁的缅甸新娘怀着对坐绿色军机的好奇，将他们的未来，从金三角引领到了台湾中部这个当初还称作为"见晴"的日本侵略时期留下的牧场。

异域孤军和眷村往事因为他们而得以保存·

杨老伯接下来面临的，是和平时期新的战役。3万多块新台币的退休金用完后，他开始了从垦荒时期的种杂粮和养猪到20世纪70年代的种植温带蔬果的生活，过了十多年温饱自给的日子后，80 年代却面临因美国水果"入侵"而使得水果价格进入低谷的局面。清境进入和平年代的黑暗时期，直到 90 年代清境开始发展休闲观光业，当地实行土地放领以后，这些老兵们完成了从土地的使用权到所有权的转化，才获得一场新的胜利。

杨老伯那个在环球旅行中获得极大视野的台南女婿施武忠被招上了山。本来只是奉命去为岳父和小舅子出点经营主意的武忠没想到 1997 年过完年后去了清境，从原本计划帮忙建个餐馆就走，到建造了清境地区第一批欧式民宿见晴山庄，接着创建了清境观光发展促进会，促成了清境社区发展协会，邀请台大人类所谢世忠教授进行"清境摆夷族群基本调查"，举行"云之南摆夷文化祭"和"高山艺文赶集"，武忠再也没有回到他台南的老本行，这位清境女婿就此在高山上定了居，将眷村后代的力量整合起来，让台湾中部本被人渐已遗忘的云之南老兵部落的根源、传统和文化得以传承和保护，也让历史沿革为此山中景致增加了迷人的人文魅力。

这也是住民宿的美妙，你无法预计前一分钟你还只是一个经过此地的陌生人，可是后一分钟，你就已经在红酒、菩提子茶、芭乐水果和台北来的芋香蛋糕以及壁炉里噼噼啪啪作响的柴火声里，坐在了主人家的客厅里，听了 3 个小时的异域孤军和眷村往事。我也总是非常喜欢听一对夫妇在讲同一个故事时，微笑着，嗔怪着，互相补充、更正和验证的过程，听他们携手还原一段属于他们的历史，好像我站在对岸，看他们彼此搀扶着，蹚过一条时间的溪涧。

下榻:
清境见晴花园度假山庄: 起价 900 元人民币, www. sunshine-villa.com.tw

停驻:
1. 清境山顶的眷村博望新村值得拜访, 不要忘记去看看村口那个装修简单的松岗异域孤兵事迹陈列室。

2. 到清境总会去合欢山, 自驾从零下 1℃到海拔 3270 米, 从岛内最高的 7-11 便利店富嘉门市到岛内最高的公路点武岭。在太鲁阁"国家"公园登高点, 最右处是台湾最高峰玉山, 立刻就会在心头唱起"玉山白雪飘零, 胭脂沾染了灰"。

3. 清境博望新村的好鸡婆土鸡城是果腹的好地方。烤鸡、摆夷菜傣味锦洒(就是猪肉的意思)、马告蒸鱼和阿嬷的九尾鸡汤都值得尝试。
www.ncr.com.tw

在 Airbnb 找房子，有时简直就像在谈一场恋爱

HOW TO FALL IN LOVE WITH AIRBNB

国家 美国和意大利
城市 芝加哥、米兰和纽约
住宿 房东的公寓
特色 每一位房东都是一个有趣的故事

在 Airbnb 网站上寻找那些有趣的房子的时候，难免要忍受一些选择困难症的折磨。比如去南加州时，我曾经纠结到底是住洛杉矶博物馆街的那个"优雅的法式哥特式家园"呢，还是好莱坞那个曾经专为过气明星做公关的男同志那里呢？前者的主人是一个爱聊天的、扬言呼吸着音乐的音乐人，后者拥有一辆哈雷和一台 1958 年的大都市牌古董车，房东许诺如果时间许可的话，他会用他的车带你在街上兜一圈。在颇难取舍时，最后总算及时跳出了一个查理·卓别林在 20 世纪 20 年代建造的小公寓，将我于苦痛的抉择之中解救了出来。我赶紧向现在的主人，来自澳大利亚的歌手艾伯特发出了订房请求。

发出请求的过程，往往要牵涉填写一份类似问卷一样的东西，有些房东必须要知道下列事实，才放心把家里的钥匙交给你。你得回答艾伯特这

芝加哥设计师公寓内景

从服装设计师的公寓往下张望

CHEERS
FOR THE
ENCOUNTER

公寓客厅里摆放着莎伦设计的衣服

三个问题，向艾伯特介绍一下你自己：你怎么会想到来洛杉矶的？谁和你同行？你喜欢我这个房源的哪些地方？

我认真地填写了我的答案。可是 24 小时后，艾伯特没有回复。我再发了一次请求，又是 24 小时过去了，艾伯特还是没有回复。是的，在 Airbnb 中寻找房子常常要揣一颗承载小小失望的心，你得学习迅速地忘却，并相信自己总会找到更好的，但最终你难免会抱着一丝小小的遗憾，这一切，简直就好像在谈一场恋爱一样。

我很幸运，遇到的那些房东都有各自或传奇、或质朴、或新奇、或温暖之处，甚至还不乏怪咖点，让旅途中的那些床不仅是打尖歇脚之处，也成为了我一个又一个目的地中的目的地。找寻他们的过程让我想起那台叫作"好奇号"的美国国家航空航天局的火星探测车。"好奇号"项目的科学家约翰·P.格罗青格说："'好奇号'部分是为了探测有机物质而建造的……我们现在发现了有机物。"我的寻访那些有意思的床的旅途，就好像驾驶着我的"好奇号"，沿途发现了很多有趣的人物和故事。一次次，我都在对自己说，"这真是'好奇号'历程中的一个伟大时刻"，就好像格罗青格在美国地球物理学会 2014 年秋季大会召开的记者会上说的。当时"好奇号"记录到了一次甲烷气体喷发，而且可能持续了至少 2 个月，科学家们在火星上发现生物的希望之火被重新点燃。

以下是我的"好奇号"遇到的一些房东，虽然其实不是什么"伟大的时刻"，但是他们让我觉得，有时候，风尘仆仆地到达很远的地方，只为了让我的"好奇号"和陌生人相遇。

不会做 Airbnb 房东的裁缝不是好设计师·

清晨 7:15，我被来自密歇根湖的日出光芒所充当的闹铃叫醒了。我们的公寓在芝加哥城中心的伦道夫街上，它的东向尽头就是密歇根湖，而在它撞到湖滨之前，沿着这条街，从我们的公寓走两个不长的街区，穿过该地最热闹的密歇根大道，就是芝加哥的城标：千禧公园。

我的旅伴乔安娜是在 Airbnb 上找到伦道夫街上这栋位于 21 层楼的公寓的，它让你看到一线的湖景和光线变幻的城市天际线。女主人家的客厅里挂满了一排排的衣服，还有貌似奋力工作后的缝纫机。乔安娜对主人莎伦说："你是裁缝啊！"她说："不，我是服装设计师。"

莎伦是个红头发的牙买加人，太阳眼镜、唇膏、睫毛膏、红酒和防晒霜是她生命中不可或缺的五样东西，她浑身洋溢着加勒比海岛国人的热焰和不买账 。她在纽约的阿姨慷慨地资助她到了美国，在纽约获得了纽约时装设计学院的设计学位，还在帕森斯设计学院学了一年的插画。她告诉我，她的商标名为"SB"的衣服刚找到了在广东的厂家进行生产。

她的 Airbnb 是我见过的房东、房客之间最无缝的，她住在其中一间卧室，客人住她隔壁那间。她的皮包就挂在客厅的椅子上，拉链没有关，桌上是她的记事本，沙发上、书桌上散放着账单，她的电脑开着，抽屉开着，她的卧室的门也开着，你能听到她在打电话，对电话里的人说"你是我最爱的客户！"，晚上你能听到她在看肥皂剧，发出哈哈大笑的声音。也就是说，她没有把你当外人。

但是这也并不意味着你可以越界。曾有三个美国客人在房间里喝酒唱歌，发出很响的声音，她也不直接叫停她们，她已经学会美国人那套，不直接面对，而是寻找第三方进行专业的斡旋。她默默地打电话向 Airbnb 投诉，就好像你打 911 投诉你吵闹的邻居，结果 Airbnb 立刻打电话给客人，让他们安静。她面授机宜般地说："你没有必要自己直接面对客人，他们会帮你解决。"

莎伦喜欢接待单身或者两个女孩，她不喜欢接待夫妇，认为他们大多冷漠，不怎么和她搭话，对待她家就好像酒店一样，比如有那样一对纽约夫妇，甚至进门时看到她坐在客厅也没有和她打招呼，后来倒反而来盘问她这间公寓的月租，说是想搬到芝加哥来。她说，"对这样的人，我拒绝回答这样的问题。但是，东方来的夫妇除外，他们太酷啦！又有礼貌，又会交际，我太喜欢他们啦！东方夫妇永远受欢迎！"也不知道她是真的如此认为，还是只因为我和旅伴恰

米兰房东富尔维娅向我展示她的摄影集

CHEERS
FOR THE
ENCOUNTER

富尔维娅是个笑起来好像调皮女孩的米兰奶奶   这是富尔维娅曾拍摄的部分著名演员的底片

PHOTOGRAPHER'S
APARTMENT MILAN

SALOTTO
NEOREALISTA

好是东方人。但我的确看到她的案头放着一些东方禅学的研修班信息，所以，我姑且认为她对东方怀有真正的向往和好感。

莎伦最有意思的一个房客来自荷兰。说好 3:00 入住，可是 11:00 还未见人影。她打电话给荷兰客，他说正在机场餐馆酒吧游荡呢，因为自己从来没有用过 Airbnb，所以实在有点紧张，竟是有些不敢来的意思。她连忙在电话里好言让他马上来。等他终于按响了门铃，她已经为这个有些吓破了胆的男人准备好了晚餐，甚至还为他准备了一杯红酒。

后来，那个荷兰男人还多住了两天。

我的房东说她最喜欢拍摄阿莫多瓦和疯人院的病人·

我是在米兰 500 年不遇的 7 月暑热中抵达富尔维娅在米兰西南运河区的 Airbnb 公寓的。当我还在从马尔彭萨机场前往城中的火车上时，她已经开始为这个令人猝不及防的酷暑向我道歉。

这个在事先短信沟通时，给我以冷静谦逊印象的女摄影师，的确谦逊，但全然热情。当我还探头探脑地在 3 楼其他开着门的公寓门口打听富尔维娅是哪家时，她已经在走廊另一头打开了门，37℃以上的风吹起了她短短的头发和 Zara 花裙子的裙边。我迅速在我脑海里的键盘上打下这样一行字：富尔维娅是个笑起来就好像淘气小女孩一样的、戴着黑框眼镜的米兰奶奶。

我迎上去，她把我让进了门，口中不迭地说："薇薇安啊，薇薇安！"那种好像"长久不见，你终于来了，让我看看，啊呀，还是老样子"的欢喜情形，让我想起了我的高中班主任在多年后见到我的样子。我坐在厨房里，因为事先已经知道她是摄影师，便不会诧异墙上、门上挂的都是她的作品。不小心，罗贝托·贝里尼从洗衣房尽头的一堵墙上冒了出来，她说那是 1991 年他拍《牙签乔尼》时，她给他拍的。厨房的架子上，有一排她在意大利各个跳蚤市场觅到的老厨具，摩卡壶啊，水壶啊，榨柠檬汁机，等等，她为每个静物都拍了黑白照，镶在镜框里，和实物在厨房两侧相望着。她指指那个老式摩卡壶，说："明天你的咖啡就在这里。"对她来说，老东西都是要用的，不能作为摆设，必须要经常使用。

富尔维娅开始切番茄，她从冰箱里取出马苏里拉乳酪，还有佛卡夏面包以及小比萨。"来点简单的午餐吧！"我没有料想到她甚至为我准备了午餐。也许有些忙乱，富尔维娅还在匆忙准备中打碎了一个盆子，不过她说意大利人认为这是好事，我说中国也一样。看样子为自己的失足或者失手寻找种种安慰自己的借口具有一定的普世性。

然后，我开始享用这顿爽口的酷暑轻午餐，富尔维娅坐在我对面，我们手舞足蹈地交谈，时不时我得腾出手来在手机的翻译应用上把英文翻译成意大利语。我们打完字，然后把手机推来推去，乍一看简直好像是在讨价还价。如果直接互说英语的话，也没有问题，只是你得在富尔维娅很认真地提议"Let's go chicken"（我们去鸡）时，立刻反应过来，她其实想让我们一起去厨房（kitchen）。

饭后，这个慈祥的65岁退休老人带我走到她位于阁楼的工作室。作为女摄影师的她的一面才完全展示出来。这位曾经的意大利《今晚报》摄影记者为不少电影导演和演员拍过照片，她迅速地翻阅她的摄影集，妮可·基德曼、达斯汀·霍夫曼、莉莲·吉许、贝蒂·戴维斯、贝尔托卢奇、阿莫多瓦等在眼前拂过，当翻到意大利已故著名导演迪诺·里西那一页时，我说我认识他孙女；她就好像在说起自家的侄女似的说："哦，马可的女儿啊！"最后我们甚至还看到了她拍的张艺谋，她认真地跟我模仿了一下他的名字的中文发音。她说，她最喜欢的拍摄对象是阿莫多瓦、贝托鲁奇和疯人院的病人。

富尔维娅的工作室见缝插针地摆放着家人的照片，记录着家人安详的记忆瞬间，比如女儿第一天上学，女儿瞪着看电视的样子，丈夫在写字，女儿歪着头看爸爸在写字。她一直对我说"我丈夫怎么怎么""我丈夫怎么怎么"，以至于一开始我以为她丈夫没在家，只是出个暂时的远门。可是维基百科显示，她的丈夫艾伯特·法拉西诺早已于2003年去世了。这位曾经的《共和国报》的影评作者是

富尔维娅为她丈夫拍摄的照片（图片来自网络）

我的米兰房东迎接我的意大利简餐

CHEERS
FOR THE
ENCOUNTER

富尔维娅的工作室一角，当中那个女子是年轻时的她

意大利最重要的影评人，曾经担任国家电影学校校长和国家影评人协会的主席。在她的摄影集最后，是她拍摄的她的丈夫：法拉西诺先生静静地站立在一个露天的剧场，表情似笑非笑，没有观众。

我的房东开始高唱起"今夜无人入眠" ·

告别我的前任房东，女摄影师富尔维娅位于热那亚门的家，地铁 M2 线 6 站后带我来到米兰另外一个城门：加尔波第门。在离 10 科莫街不远的一个僻静街巷里，我找到了我在米兰假期的第二个 Airbnb 房东。在我们事先短暂的短信沟通中，他号称自己是个闲来写写歌剧和电影剧本的剑走偏锋的艺术家。在传呼机里，他的声音很美式，也简洁："上来吧，我在 2 楼，左手边。"我以为他是一个不多话的人，可是我错了。

一个戴着黑框眼镜，长发后梳，脑门正在出大汗样子的赤脚男人打开了房门，不知怎么的，他让我想起昆汀·塔伦蒂诺的电影《落水狗》里的平克先生。他就是卢卡，我将在他的公寓住两晚。

他为从暑热中闯进来的我做了加了杏仁奶的冰咖啡，在这样的米兰夏日，我们站在厨房里，有些微风从窗帘下钻了进来，几乎有些迫不及待的，我们开始了交谈："怎么会来到米兰的？"我问这个祖籍为那波里的创意工作者。

"《Vogue》意大利的一个女总监见到我，和我谈话，然后她对我说，你明天就提着行李到我们米兰办公室来报到！明天！"于是，他来到了米兰，为《Vogue》做了好几年活动策划 。

卢卡现在已经辞职，进入神秘的自由职业阶段，正在创作自己的八幕歌剧《春之祭》。这和斯特拉文斯基的同名芭蕾舞剧没有关联。他在这个歌剧里，检讨的是男女关系随着时间轴的推进而发生的悲剧性的变异。他为每个场次配上了自己作的插图，它们并非传统插画，他将咖啡泼在白纸上，任液体流淌，然后凝视它们，再进一步用钢笔圈圈画画，让它们最终成为一幅幅有人物有具象的插图。

除了这本正在创作中的歌剧剧本，他已经出版了两本电影剧本，其中一本被一个神秘的"什么什么诺夫"的俄罗斯人买去出版了，他至今也没有见过这个"什么什么诺夫"，是编辑来联系他的，一切在电邮中进行。我说听上去好像黑手党一样。他大笑起来，拍了拍我的手臂，"哈哈哈哈，好极了！""好极了"，是他的口头禅。

卢卡说另一个剧本则正在一个美国大导演那里呢！让我猜是哪个导演。我胡乱猜，"伍迪·艾伦？韦斯·安德森？"他不断说"大一点再大一点"，好像我们在下赌注。以至于我把斯皮尔伯格都抬出来了，他摇摇头："科波拉！""老的那个还是小的那个？""老的！""《教父》那个？"他点头微笑，难得沉默不语了一下。

最后，卢卡好像梦醒一般，开始带我参观我要住的这个颇有戏剧色彩的公寓。当走到钢琴旁边的时候，猝不及防地，他略低下头，拢了拢头发，清了清嗓子，就开始唱起了歌剧《图兰朵》中的《今夜无人入眠》。

我的房东用 1.5 万美元买了一家服装厂·

我以前住的 Airbnb 房东多为艺术家或者作家，当我发现纽约之行的布鲁克林房东竟然是一家时髦男装厂老板时，我立刻要求参观厂房，我也随即就被安德鲁，也就是当时我还未谋面的房东批准了。

其实我本来已经为可以住在一个具有 140 多年历史、曾经的天主教堂改装的摩登公寓而颇为兴奋，但我不得不承认，我在获悉了安德鲁的一些背景信息后，我更被他本人和他的工厂所吸引。这位加州圣迭戈会计师的儿子已经在纽约生活了 5 年，可是口音和态度还是带着南加州人的懒散。但你千万不要被他的外表所欺骗，他绝非懒散之人：

13 岁获得美国少年滑板冠军，16 岁时他担任后卫的球队获得美国青年足球联赛冠军，18 岁他获得纽约大学奖学金去东海岸上大学，20 岁在 Kickstart 上众筹 1.5 万美元买下老厂房，创立了一个名为

CHEERS FOR THE ENCOUNTER

米兰房东卢卡已经发表和正在创作中的剧本

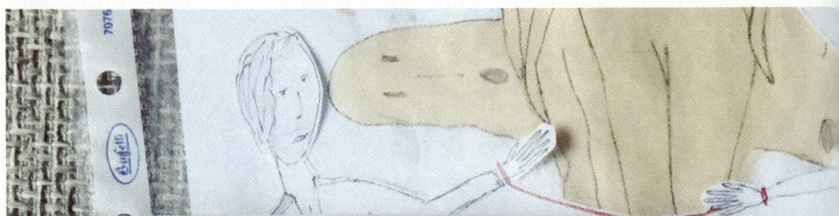

Fiaba
screenplay by J.L. Giadima

我的房东、米兰编剧卢卡

Knickerbocker 的男装厂，当他发现生意比学业更需要他时，他退了学。目前他手下有 10 个雇员为他工作。今年是他成为工厂主的第 3 年，也就是说，他现年 23 岁。

从纽约 L 地铁线的 Jefferson St 站出来，我沿着法拉盛大街北行，这里是布什维克区的边缘。随着门牌号越来越大，我越来越感到这并不是在纽约的布鲁克林，而是中国江浙某三线工业小城的郊区：并不宽的街道两旁，罗列着种种中国外贸批发中心，经营着从围巾、帽子到凉鞋、皮靴，甚至还有杭州天堂伞的批发业务。"这里就好像小义乌"，我心里正在这么想，抬头一看，眼前就是一个"小义乌批发中心"。街道上行人寥寥，步行了十来分钟，终于找到了 1852 号。我的目的地是这个三层楼高的仓库，在仓库门口徘徊了一下，抬头发现不少窗口外俨然伸出了中文字的批发行旗帜，我基本已经觉得自己找错地方了，一个时髦男青年开的潮牌服装厂怎么可能在这里呢？就在我几乎要放弃的时候，我发现了仓库大楼的侧翼，有一个小小铁门，铁门旁挂了一个小小的"Knickerbocker"的铁牌，好像只为接头时做暗号使用而存在。

我直到走进大楼，拾级而上，在墙壁上看到了一个金色的裸女和蛇的卡通涂鸦，我彻底松了口气，确认自己的确是来到了"Knickerbocker"，一个摩登的老工厂。推开了 2 楼车间的门，率先进入眼帘的竟然不是什么熨斗或者缝纫机，而是供这个前滑板冠军在工间玩耍的滑板坡，然后才是缝纫机、打孔机、工作台、布料、样衣、工人，还有一条叫巴兹尔的狗。年轻的工人们戴着耳机，穿着连帽衫，在用比他们祖父母年纪还要大的工具打孔缝线。当时的光线极其好，西晒太阳从大幅玻璃窗里照射进来，让那些坐落在法拉盛大街百年厂房内的老机器和新匠人的剪影都在闪闪发光。

我在一张工作台边找到安德鲁时，他正和一个小伙子研究一顶帽子的做工。他穿着一身古着服饰：卡其的工装裤、灰色的卫衣和黑色的呢背心，头发抹得光亮，往后梳得齐整，精心打理过的络腮胡子，好像来自 20 世纪"二战"后的布鲁克林工厂主。可是他手背上"1992"这个生辰文身毕竟还是暴露了他的真实年龄。

这个滑板和滑雪板运动员出身的男孩子最初对服装产生兴趣是因为赞助他的那些运动服装品牌的衣服都实在太不酷了。他在大学的两年尽量学了商学院关于经营管理的课程，并在运动服装品牌Billabong 实习，学到了服装设计和面料方面的知识。现在他觉得自己厂里的制帽老师傅费利克斯就是非常棒的老师，尽管费利克斯好像连话也说不太清楚。而他当年的纽约大学的同学，现在已经毕业，正在为他工作。

说实话，我第一眼看到工作台后的一个个年轻人，并没有觉得他们是在上班，而是在学校实验室做实验，或者艺术学校学生在做某个项目。这些年轻人并不把自己看作蓝领工人，他们认为自己是工匠，是手工艺人，这正是Knickerbocker 引以为豪的地方，他们的口号是"由我们在纽约制造"，难怪《Monocle》杂志会报道他们，难怪他们的衣服在日本卖得很好。他们手工制作男帽和样式复古的男式衬衫、夹克，用的布料大多从日本冲绳进口，靠 10 个工匠在布鲁克林工厂手制，希望你能在穿戴他们的衣服、帽子时，体会到工匠手劳之美，体会到美国手工制造业的传统。这是一个新布鲁克林人的理想。

安德鲁说《纽约时报》不久就会报道他。"关于什么？"我问。"关于我，关于我的 Airbnb，关于我的工厂，关于我的一切。""那我很庆幸，作为你的房客，我得以率先采访了你。"

房东在工厂办公

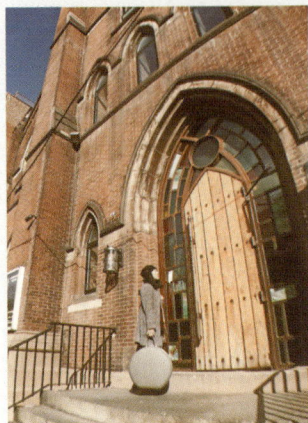

教堂改造而成的摩登公寓

CHEERS
FOR THE
ENCOUNTER

布鲁克林教堂男主人安德鲁在他的车间里

TIPS

1. "不会做 Airbnb 房东的裁缝不是好设计师"的房东莎伦的房间已不在 Airbnb 上出租。

2. "我的房东说她最喜欢拍摄阿莫多瓦和疯人院的病人"的房东富尔维娅的米兰 Airbnb 链接: zh.airbnb.com/rooms/5678922,房价 78 美元左右。

3. "我的房东开始高唱起'今夜无人入眠'"的房东卢卡的米兰 Airbnb 链接: zh.airbnb.com/rooms/696445,房价 84 美元左右。

4. "我的房东用 1.5 万美元买了家服装厂"的房东安德鲁的布鲁克林 Airbnb 链接: zh.airbnb.com/rooms/3869335?s=8,房价 153 美元左右。